百年兄弟在中国的三十年

兄弟中国创始人、名誉董事长
尹炳新回忆录

尹炳新　缪　琦　著

复旦大学出版社

致 谢

在撰写这部书籍的过程中,我得到了来自各方的无私帮助与支持。首先,我要感谢我的继任者张燕与管理团队,是你们的提议与坚持让我得以将这份珍贵的记忆记录下来,为兄弟(中国)商业有限公司(下称"兄弟中国")二十周年献上一份特别的礼物。

同时,我要感谢参与采访的每一位同仁、经销商以及日本总部的高层领导。你们的真诚分享与宝贵经验为这本书增添了无尽的色彩与深度。正是有了你们的参与和支持,才让这本书得以如此生动地呈现在大家面前。

此外,我还要特别感谢参与本书撰写的财经媒体人,你的专业视角与文字功底,让这本书在保持真实性的同时,更加具有可读性与感染力,也为这本书的顺利完成提供了有力的保障。

在此,我必须特别提及三位重量级人物——陆雄文院长、黄峰会长和曹启泰先生,他们亦师亦友,慷慨地为本书撰写了序言,以其独到的眼光、不同的视角和深刻的见解为本书增色添彩,对此我深感荣幸并深表感谢。

最后,我要向所有为兄弟中国发展付出过辛勤努力的同仁们致以最崇高的敬意,是你们的默默奉献与不懈努力铸就了兄弟中国今天的辉煌成就。让我们携手共进,继续书写兄弟中国更加美好的未来篇章!

尹炳新

兄弟(中国)商业有限公司名誉董事长

2025年1月

自 序

2022年深秋,我正式交出了手中的接力棒。回望自己1992年初入日本Brother集团,时光荏苒,已逾三十载。那时的我,怀揣着一个朴素而坚定的梦想:在日本这片土地上汲取跨国经营的智慧,为将来在中国开创一片天地奠定基石。如今,兄弟中国即将迈入二十华诞,从2003年上海筹备的点滴起步,到2005年6月正式扬帆起航,我目睹并参与了它的茁壮成长,这份情感,犹如父母之于孩子,深沉而炽热。

兄弟中国的成长历程,如同五味杂陈的陈年佳酿,蕴藏着无数酸甜苦辣的瞬间。或许是为了让这段历史得以完整呈现,或许是为了让现在乃至未来的每一位兄弟人都能了解这段岁月,我的继任者张燕与管理团队提议,以我的名义撰写一部书籍,作为对兄弟中国二十周年的献礼。

起初,我对这一提议持保留态度。对于一个仅二十岁出头的年轻企业而言,著书立传似乎为时过早。而我,不过是在中国改革开放的浪潮中,有幸搭乘外资在华发展顺风车的普通创业者,高调留名于世,既感分量不足,亦觉不妥。

然而,她们的一番话却深深打动了我:此书的目的并非为我个人树碑立传,而是希望我在离开管理一线后,仍能为百年兄弟的文化传承、兄弟中国的经营理念的提炼与提升贡献力量。同时,也为后来加入兄弟大家庭的同仁们留下一份宝贵的经验与思考。

基于这样的初衷,我欣然接受了这一提议。虽然已从繁忙的事务性管理工作中抽身,从董事长转变为名誉董事长,但我的生活依旧充实而紧凑。在这个瞬息万变的时代,每个微观主体都面临着前所未有的挑战。作为职场老兵,我愿与团队共进退,尽己所能为年轻团队分忧解难,指引方向。同时,步入耳顺之年的我,依旧精神矍铄,与多年的战略合作伙伴保持着密切联系,共话行业趋势、企业发展与传承之道。我深知自己闲不下来,仍需继续发光发热,为事业添砖加瓦。

于是，在保持对一线工作的敏锐洞察与适度参与的同时，我开始回忆过去二十多年的创业历程，将兄弟中国的企业文化与发展故事进行系统梳理，旨在为继任团队留下一份珍贵的启示。这样的"退休"生活，无疑是我心中的理想状态。

在撰写此书的过程中，我摒弃了独自宅家苦思冥想的传统方式，而是采用对话的形式，结合公司内外的多维度、多人物采访，共同回忆、彼此激发，最终汇聚成这部集体的总结之作。深知我兄弟中国的成长绝非一人之功，而是整个团队共同努力的结果，是每位兄弟人心血的结晶。

我们特邀财经媒体人加盟，对我个人、团队的中坚力量、全国各地的经销商以及日本总部高层进行了数十次深入的采访与交流。正是这些宝贵的采访素材，让这本书能够以如此丰富的面貌呈现在大家面前。

从子承父业的百年创新之旅，到三十年前风靡一时的"兄弟杯"，再到一场国际进修彻底改变我的人生轨迹，从此开启百年兄弟在中国深耕细作的新篇章，本书借由堪称"豪华"的序章，缓缓展开兄弟中国从零开始的探索之旅。

作为外资品牌的后来者，兄弟中国在中国的高速发展与全面开放中抓住了机遇，实现了后来居上。我们感恩时代的馈赠，更庆幸自己做出了正确的选择——始终坚守百年兄弟的全球宪章与价值理念，将中外文化巧妙融合，在推进本土化的过程中提炼出兄弟中国的独特使命与愿景。

在践行"多元包容，求变创新；成就顾客，幸福员工；关爱地球，回馈社会"的使命中，我们不断奔向心中愿景——"践行'At your side.'，成为中国用户的最佳伙伴；加速成长，成为Brother全球发展战略的核心"。正是这样的企业文化，让我们对内打造了一个团结一心的团队，对外构建了一个充满活力的经销商体系，并开创了全国省级代理的先河。在过去二十年里，我们取得了实实在在的进步，为兄弟集团在华事业奠定了坚实的基础。

"去岁千般已过往，今年万事皆初心。"这是我在2023年兄弟中国内刊致辞中的开场白。这一年，无论是对我个人、团队还是整个中国公司而言，都具有非凡的意义。而这份心境与心态，正是我站在每一个新起点上，对未来保持乐观态度的源泉所在。

二十岁，正青春。兄弟中国正值壮年，我希望通过回顾它的发展历程，进行自我总结与勉励，始终做到"知行合一"。同时，我也希望能够为团队乃至整个行业在面对波动与挑战时提供一些灵感与借鉴。在这个不确定性加剧的乌卡时代，我们每个人都需要更加坚定地寻找不确定性中的确定性因素，通过自我学习与不断进化，修炼出更加强大的韧性与竞争力。

秉持初心，不负韶华。在此，我要衷心感谢过去每一位为兄弟中国发展给予大力支持的各级相关部门的领导与同仁们，感谢与兄弟中国并肩作战的合作伙伴们，更期待与大家一起继续见证兄弟中国的美好未来！

推荐序一

记忆的锚，未来的帆

说服尹董出这本书，还是花了一些时间的。他很低调，一直说自己不是创业者，就是职业经理人，没有到需要歌功颂德的地步。

但我也真的沉下心来仔细思考过为什么要说服他做这件事。

2003年5月26日，于我，是一个值得纪念的日子。从这天起，我作为一名兄弟人，开始了一段自己当时都未曾预想过的职场生涯。与兄弟结缘的契机，还挺符合ENTJ的决策过程。尹董作为面试官，讲述了创始人在1928年招股书中写到的内容，"给想要工作的人创造积极、明朗、愉快的工作环境"。不得不说，这个点切切实实地击中了我的内心，很好奇到底是一家什么样的公司，可以在那个年代就把"人"作为重点话题提出，这便成为我走进兄弟并且长期服务的关键点。一直说选择比努力更重要，在这件事上得到了最好的验证。

二十年，对于一家企业，是个不长不短的经历。真实记录百年老店Brother集团在中国是如何走过它的从0到1，真实还原兄弟中国的职场，让曾经一起奋斗过的、未来会和Brother有缘的伙伴们，都可以真实地感受兄弟的第一个二十年，是这件事的初心。

这二十年来，伴随着公司的发展与成长，我个人在职场上寻到了从未曾有过的坚定目标。这个过程中，尹董在领导力和企业文化上的卓越，让我敬佩；应该也不仅仅是我，围绕在兄弟周边的伙伴们，包括我们自己的团队和外部的合作伙伴应该都是感受颇深的。他的金句——"人管人管死人，企业文化管灵魂""信任、放权、追踪"等——无数次在各种场合被引用。他功成名就后依然选择去EMBA进修，始终保持自己的成长型思维。他前瞻性地提出的"对内对外体制建设""开拓四六级市场""二次创业"等思路，后来都被验证是影响行业发展的重要观点。回想起这些，更加坚定了我们要通过文字记录下一路走来的汗水、泪水和喜悦，让历史可以不断流传的想法。而尹董，作为创业者，则是记录这段经历的最佳人选，因为这也是他重要的职场生涯，是他贡献了自己的青春和汗水的战场。

  看到成稿，有点小小的激动，要感恩尹董全身心地投入做这件事，感激那么多伙伴们一起成就这份回忆录，最后也要感谢和我一起最终说服尹董答应做这件事的同事，感谢在回忆录成稿过程中付出努力审稿和催更的同事们，以及执笔的缪琦小姐，谢谢你用财经记者的视角，真实地记录了中国企业家与跨国公司在改革开放的浪潮中奋楫笃行的岁月。

张 燕

兄弟（中国）商业有限公司董事长、总裁

2025 年 1 月

推荐序二

以君子之风,铸商道之魂

一部企业的百年史,往往折射出一个时代的商业文明。当兄弟集团(Brother Group)创始人安井兼吉(Kanekichi Yasui)于1908年创立安井缝纫机商会时,他或许未曾想到这个以修理缝纫机为起点的小作坊,会在百年后以"兄弟中国"之名在中国书写一段跨越文化与国界的传奇。本书不仅呈现了一家百年企业在中国的深耕历程,更是一个值得学习和研究的关于创新、信任与本土化的案例。

作为管理学者,我始终关注理论与实践的双向奔赴。尹炳新先生以知天命之年重归课堂,在复旦EMBA项目中既是求知者,亦成传道者——以企业家身份参与案例研讨,以面试官视角遴选未来领袖,更以E学员身份探索创新边界。这种角色嬗变背后,蕴含着对管理科学和管理实践的虔诚敬畏与对知行合一的深刻理解。

百年兄弟在中国三十年的发展历程和故事,恰是中国企业和商业现代化进程的微观镜像。从金融危机到疫情冲击,从电商崛起到国产化竞争,本书并未回避兄弟中国遭遇的挑战。书中呈现的商业情景和决策会给我们带来诸多启发:对于管理者,它展示了如何以文化凝聚跨国团队;对于创业者,它印证了"慢即是快"的长期主义;对于学者,它提供了东亚企业全球化的鲜活样本。

我们看到,尹炳新先生将"信任、放权、追踪"的管理范式升华为组织哲学,通过构建"At your side."的价值共生体系,企业不仅实现资本增值,更创造技术本土化、行业标准化、责任社会化的三重价值。书中详述的"鲶鱼效应"战略与"反周期投资"案例,堪称现代企业突破路径依赖的样本。

尤为可贵的是,兄弟中国在管理中将东方伦理融入现代治理的实践智慧。以"君子不器"的包容性与"和而不同"的组织观,兄弟中国塑造了兼具跨国基因与本土根性的企业文化。当多数企业困于效率与温度的二元对立时,兄弟中国团队能以"制度理性为骨、人文关怀为魂"的平衡之道,为现代商业文明注入新的精神内涵。

我认为兄弟中国企业发展史的价值远超出商业策略的层面。它揭示了企业作为社会器官的本质:在创造经济价值之外,更要承担知识生产、范式创新与文明传承的使命。

为本书作序,我感念于跨越师生身份的思想共鸣,更欣喜于中国商学教育结出实践硕果。希望兄弟公司这个案例能为新时代企业家提供镜鉴,也期待管理学的理论研究与企业实践持续互哺,共铸中国商业文明新高度。

陆雄文

复旦大学管理学院院长

2025年2月

推荐序三

设身处地

尹炳新先生是我非常尊重的一位外企领导人,《百年兄弟在中国的三十年》这本书既解锁了日本兄弟公司在中国市场成功的密码,也是对他个人职业生涯的总结提炼,很荣幸能受尹先生的邀请为本书作序。

初遇尹炳新董事长是在2020年3月,在兄弟中国公司的办公室里,尹董给我留下的印象和书中北京大区负责人梁巍对他的描述完全一致——"高大挺拔的身材和一身笔挺的西装,英俊儒雅的外表下,散发着让人轻松的亲和力"。

第一次拜访兄弟中国公司和尹董时,给我印象最深的是"At your side."的理念,我将这句话理解为"设身处地"。现在很多公司都在说"以客户为中心",各自的做法也不尽相同,但我认为关键的一点就是,要设身处地地从客户的立场和需求出发,提供产品和服务。省级代理商模式是兄弟中国独创的代理商模式,是兄弟公司在中国市场取得成功的核心。兄弟中国将经销商作为商业战略合作伙伴,设身处地地为经销商着想,赋能经销商。尹董自己也身体力行,与经销商保持了良好的关系,亲自为经销商企业做诊断。成就别人就是成就自己,兄弟中国成就了经销商,经销商更成就了兄弟中国。

兄弟中国公司和尹董也同样设身处地对待其他的利益相关方。2022年,协会的会员企业普遍受疫情影响而经营状况不佳,协会决定减免会员企业当年的会费。尹董得知后特意关照同事,协会的会费收入有限,兄弟中国应该继续缴纳会费,在困难时更要支持协会。

尹炳新先生于2018年担任兄弟中国董事长,这是兄弟公司110年来第一次由一名外国人担任区域公司的董事长,也是日本在华企业中为数不多的中国籍一号位。他的伯乐、兄弟中国首任董事长成田正人评价"尹炳新董事长对于兄弟最大的贡献，在于把兄弟中国打造成了现地化的企业"。

与在华欧美企业相比，日本企业的现地化步伐较为滞后，特别是在高级管理人员现地化方面，我认为这也是部分日本在华企业渐失竞争力的原因之一。2024年，我去兄弟集团名古屋总部参访时了解到，兄弟集团自1954年就进军美国，开启了国际化的进程，目前海外销售份额已超过80%，积累了丰富的国际化运营经验。兄弟中国的现地化领先于其他在华日本企业，一方面是因为公司总部有这方面的基因，另一方面也是因为有尹炳新董事长这样既能得到总部信任，又具有非凡领导能力和良好职业操守的合适人选。正如他在书中说的，"日本总部的高层管理者看见了自己的成长，也切切实实见证了兄弟中国以及中国市场的蜕变"。改革开放之后，大量优秀的中国学生留学欧美，并进入跨国公司工作，为欧美跨国公司在中国的现地化提供了最稀缺的人才。着眼未来，中日两国之间应该鼓励更多优秀的中国年轻人去日本留学并工作，日本公司也需要以更开放的心态来培养造就更多的"尹炳新董事长"，领导在华日本企业。

2022年，尹炳新董事长荣休，交棒给张燕女士，一位同样优秀的中国籍女士继续担任日企在华一把手的重任。这一交接不仅是兄弟中国领导团队的传承，更是企业在本地化发展道路上不断前行的有力见证，相信在继任者的带领下，兄弟中国将续写新的辉煌篇章。

黄 峰

上海市外商投资协会会长

2025年1月

推荐序四

实在的光芒

拜读尹炳新先生之于兄弟公司的三十年心路历程，实足体现了"长期主义"的价值和光芒。愈是对照此刻凡事"轻快短小、秒速回报"的风气和流行，愈发能从书中撷取"不忘初心、砥砺前行"的魄力和意义。

三十年，是整个人生工作历程的黄金岁月，更有幸迎合了改革开放黄金时代的峥嵘春风。为此写下这部记叙着往昔的回忆，既是对自我人生奋励的记录，也是对时代机遇的礼赞，更是对后继者光明的指引。

我与尹先生相遇相识十余年，亦兄亦友，在商业创意创新的道路上亦并肩前行。尹先生承兄弟集团1984年赞助洛杉矶奥运会的一贯精神，参与中国国际进口博览会，自第一届至今从未间断，其间更指导展陈形式不断创新，侧重文化与艺术的融入和表现，广纳自媒体与直播各种创新尝试。这种坚持、创新一直都在的企业家精神，在尹先生领导的兄弟中国公司体现无遗！

作为兄弟的兄弟，能够耳濡目染，近距离感受一位杰出企业家的内核价值，学习宏观思考与细节的讲究，真的获益良多，终身受用。愿你也能在这本书当中，寻找源源不绝的能量，走出每个人的光彩丰年。

曹启泰
艺高高创始人、首席艺术官
2025年1月10日

目 录

致谢　1
自序　1
推荐序一　记忆的锚，未来的帆　4
推荐序二　以君子之风，铸商道之魂　6
推荐序三　设身处地　8
推荐序四　实在的光芒　10

序章　1
一、子承父业的百年创新之旅　3
二、30年前的"兄弟杯"　9
三、一次国际进修改变了人生　17
四、日本总部的中国人　20

初创期：探索·从零开始（2003—2008）　27

　　第1章　从零到一　29
　　第2章　在上海的第一次失眠　44
　　第3章　兄弟独创的代理商体系　48
　　第4章　绘就业务版图　100

成长期：超越·后来居上（2008—2012）　103

　　第5章　度过至暗时刻　105
　　第6章　倾听最终用户的声音　109
　　第7章　产品价值为王　113
　　第8章　爆款"弯道超车"　119

成熟期：扎根・风雨兼程（2012—2019） 125

第 9 章　执行力，执行力，执行力　127
第 10 章　把团队的积极性发挥到极致　141
第 11 章　"兄弟人"的自我进化力　149
第 12 章　中国自主研发提上议程　162
第 13 章　百年日企的首位"中国人董事长"　167
第 14 章　EMBA 班里最年长的学员　170

创新期：创新・百年传承（2019—2025） 175

第 15 章　酝酿了 7 年的交棒　177
第 16 章　格局比能力更重要　184
第 17 章　日本的工匠精神过时了吗？　188
第 18 章　数字化不仅仅是手段　197
第 19 章　绿色行动善始善终　206

后记　走向未来，何以永续？　220
附：三十年大事记　224

序　章

一、子承父业的百年创新之旅

每一段历程都离不开序章的铺垫。关于兄弟中国的故事也不例外。

它滥觞于100多年前一位年轻人的创业轶事。彼时就镌刻下的创新基因图谱,在子承父业、兄弟齐心的接力下,书写了延续百年的创新之旅。

1908年,日本正值明治四十一年。在推动了一系列现代化和西化改革后,进口缝纫机牢牢占据当地市场的主流。Brother集团创始人——安井正义和安井实一的父亲安井兼吉被这种精密仪器深深吸引,立志以此为生,成立了安井缝纫机商会,主营进口缝纫机及零部件的修理业务。

可惜安井兼吉于44岁英年早逝,其儿子安井正义和安井实一遂继承父亲遗志,向着实现日本缝纫机国产化发起挑战。借助丰富的修理经验和对机器结构的了解,他们开始着手"用于制造麦秸草帽的链锁缝

昭三式缝纫机

缝纫机"的制造,也迈出了安井兄弟携手扩大缝纫机事业的第一步。

1928年,"昭三式缝纫机"诞生。为了纪念兄弟间的通力合作,这款缝纫机的商标最终被定为"Brother",正式开启了兄弟品牌的篇章。① 由于产品经久耐用,性能甚至强于国外机型,直接导致当时商会主营的缝纫机修理业务遭到冲击。凭借业界给出的高度评价,新增的销售订单如雪片般飞来。昭三式缝纫机和随后用于针织品的环缝缝纫机的成功研发,极大鼓舞了安井兄弟的信心,也让他们加大了对于国产家用缝纫机开发和投入的力度。

成功的道路上向来布满荆棘。

20世纪30年代,摆梭作为缝纫机核心部件的批量生产,成为了摆在日本制造业面前一道难以跨越的鸿沟。摆梭主要用于贯穿底线和面线,由于其极易损耗,且需经常更换,市场需求量十分可观。然而,摆梭对于产品的耐久性和体积有着很高的技术要求,以当时日本国内的技术水平无法实现量产。

这块难啃的"骨头",由擅长技术的四弟——安井实一领衔负责。

1932年,通过自制器械,安井兄弟突破技术瓶颈,成功实现了摆梭的批量生产。同年,家用缝纫机1号机诞生,真正弥补了日本缝纫机国产化的历史空白。

技术史学者、大阪市立大学名誉教授中冈哲郎在《日本近代技术之路》一书中提出:"从全球史的视角出发,对于工业化起步晚于西欧的国家而言,工业化是本国原有的经济和社会体制响应来自外部的欧洲工

---

① 本书中"Brother集团"是其中国分公司"兄弟中国"的母公司。下文中,"Brother"专指母公司及其品牌。

安井兄弟合影

业经济的强烈力量而开始的发展。从本质上讲,这样的工业化具有扎根于本国传统经济和社会的要素与外来的欧洲工业经济要素相互交融后形成的'混血型'结构。"① 其中的纺织工业就是典型。在解决传统与外来结合互动中不可避免的矛盾,促进了日本的"近代技术人员"不断成长,而安井家族正是这样的崛起力量,也成为了纺织机械"技术跳跃"的主力之一。

两年后,安井缝纫机兄弟商会改组,日本缝纫机制造株式会社成立,这也就是兄弟工业株式会社的前身。1954年,兄弟国际株式会社成立,主要负责缝纫机的全球销售业务,也拉开了从实现日本国产化到迈向全球化的大幕。

20世纪50年代,随着缝纫机制造技术的逐渐成熟,越来越多的家

---

① [日]中冈哲郎著:《日本近代技术之路:传统与近代的互动》,陈宝剑、王蕊译,中国科学技术出版社2024年版。

缝纫机制造株式会社成立宗旨书

用电器随之诞生，比如家用编织机、利用缝纫机电机技术制造出的洗衣机和电扇等。Brother家用电器的种类不断丰富。

始终紧随时代步伐的Brother，在面向全球的产品研发中不断求"变"。

1961年，便携式打字机在美国市场上风靡，成为了办公室必需品。Brother以此为契机研发3年，攻克了字体模具等技术难关。凭借与美国产品媲美的高品质以及更具竞争力的售价，Brother手提式打字机一经发售就受到了广泛关注，由此树立起"办公用品制造商"的品牌形象。

1971年，Brother携手美国Centronics公司共同开发了可以自由描绘图形和图画的高速点阵打印机。4年后，Brother汉字点阵打印机"K-2000"诞生。作为商用打印机，它的身影活跃在诸多领域，比如航空公司的登机牌打印等。

在"自主研发"的理念和对培养技术能力的注重下，Brother一边钻研产业机械，一边紧跟需求加快办公用品的研发，在持续扩大国际市场版图的同时，也加快了品牌全球化的进程。

洛杉矶奥运会现场

1984年举行的洛杉矶奥运会,因首届"民营奥运会"而留名于历史。对于兄弟而言,这也是一个重大时代的新开端——Brother首次成为奥运会官方供应商,并以此为起点在全世界开展了"Brother品牌"的宣传活动,其赞助和支持的范围逐渐扩大至更多的国际性体育和文化赛事。作为公司新的主营产品,Brother的英文电子打字机高调出现在了本届奥运会新闻中心和

兄弟赞助洛杉矶奥运会广告

事务部门的办公桌上，一跃成为了国际知名的打印机品牌。

从不满足于现状的Brother又转身投入了当时已几近饱和、竞争激烈的传真机领域——在国际市场传真机价格为800美元的背景下，毅然开发出了售价仅399美元的传真机，以破天荒的价格拿下了市场份额，并最终站稳了脚跟。于1987年推出首款传真机的Brother，也迅速成为了欧美市场占有率最高的传真机品牌。

同一年，Brother开始结合现有技术与经验，将传真机向扫描、打印等多功能一体机转变，热升华打印产品也经过喷墨阶段向激光打印机迈进，由此奠定了此后多功能一体机发展的基础。根据时代和市场的不同需求，兄弟公司开发、生产过的传真机和多功能一体机的品种以百千计。总能迅速开发出新式、高性价比的产品，让其牢牢守住了这一领域的权威地位。

1988年，颠覆现有技术与常识，Brother实现了在标签色带上打印文字，开创了标签打印机的全新概念产品。在此之前，市面上只有即时刻字机和磁带打印机等产品，而标签打印机让每个人轻松制作标签成为现实。

在与时俱进研发新品的同时，兄弟公司始终在通过降低成本和便捷化操作的方式，助力技术和产品步入千家万户。

1994年，Brother黑白激光打印机HL-630发售。凭借其自主开发的引擎，这款产品的售价成功降至399美元，远低于美国市场同类产品的售价。这也为激光打印机在SOHO (Small Office/Home Office) 市场中大规模普及提供了契机。

1997年，彩色喷墨多功能一体机问市，其搭载Brother自主研发的喷墨打印头，兼具打印、扫描及复印功能，售价却仅为999美元，引发了

SOHO市场的热议。

2005年,结合打印机中的喷墨技术与机电一体化技术,并添加了特殊墨水工艺的新型服装打印机应运而生。其操作简单,无需专业知识,可以迅速将电脑上的图像打印到布料织物上,在制作原创T恤盛行的时代颇受青睐。

目前,Brother集团的海外销售份额已超过80%,在40多个国家和地区开设生产、销售和服务基地,实现了安井家族"将进口产业转变成出口产业"的志向。Brother集团的企业精神"At your side.",也历经百年的风雨,铭记在了每个兄弟人的心中,构筑了这一百年家族企业文化的基石。

截至2023年,自创业以来超过4万名"兄弟人"加入其中,以独立的产品制造体系为代表的"商品开发""技术能力""人财培养""全球体制""灵活的应对能力""与商业合作伙伴协作"等多种经营资源支撑着兄弟公司源源不断的价值创造。

这股创新的东风,随着中国的改革开放,吹向了东海对岸那片广袤无垠的大地,奏响了崭新的序曲。

二、30年前的"兄弟杯"

1994年的春天,刚满23岁的青年服装设计师马可迎来了人生中的第一个顶峰——凭借《秦俑》拿下第二届"兄弟杯"中国国际青年服装设计师作品大赛的金奖,获得了"个性十足的经典佳作"的赞誉。正因为站上了这样的高起点,年轻的马可迅速获得了知名度,加速迈向国际舞台。带着中国传统文化的十足个性,她成为了当年活跃在国际时装界少有的华人面孔。

第二届"兄弟杯"金奖作品　马可《秦俑》

被誉为"中国真正意义上的第一个设计师",马可至今都对"兄弟杯"念念不忘。她把这个金奖视为自己设计生涯中最为关键的节点,是对她长期在设计这条路上走下去的一个肯定与鼓励,也帮助年轻的自己建立了最初的知名度。①

在那个年代,中国人对于时装的认识还相当粗浅,西方的流行审美连同港式时尚之风刚刚吹进大陆,鲜有中国设计师的身影,更不用说有平台能让名不见经传的年轻设计师崭露头角。

"兄弟杯"的出现,颇具里程碑意义。从1993年起,这一瞄准35岁以下年轻人打造的国际青年服装设计师大奖赛从法国巴黎移师中国举办,不仅打破了当时国内服装设计行业发展沉缓的局面,还用连续十年的精进与创意,为中国培养、输送了最早一批的服装设计师。这些传承了中国传统文化又兼具国际视野的年轻人才,借此走上了国际舞台,撑起了当今中国时装设计界的一片天。

在中国纺织总会的支持下,"兄弟杯"由中国服装协会和中国服装设计师协会主办。作为当时的主要负责人和评委之一,时任中国服装设计师协会主席助理李欣用"史无前例"来评价这场大赛。

"这是我国第一个国际性的服装设计大赛,对中国的服装行业贡献巨大,让我国年轻服装设计师开阔了眼界,走向了国际,推动了我国服装设计与世界接轨的前进步伐。"李欣说,这也同时向世界展示了我国青年服装设计师的才华,十年来这场大赛培养出的青年服装设计师,现在都成为了中国服装界的中流砥柱,引领着服装发展的新潮流。

不只是中国的年轻设计师们,来自法国、英国、西班牙、芬兰、比利时等近40个国家和地区的选手也在其中呈现了融入各自文化精髓和流行元素的作品,让"兄弟杯"成为了东西方文化碰撞与交融的国际化赛事。

---

① 《马可:怎样的鞋 走怎样的路》,《青年周刊》第40期,2017年12月7日。

安井义博社长给李欣颁发贡献奖

这一切的背后,站的正是百年品牌Brother。因为一位精通日语的中国年轻人,它也由此开启了在华扎根与深耕的新时代。

尹炳新,兄弟(中国)商业有限公司名誉董事长,兄弟中国前法人代表、董事长兼总裁。作为兄弟中国的创办者,他开创了百年日本企业第一次由一名外国人担任区域公司董事长的历史。

在跨国集团,中国本土高管在华业务掌门人的头衔,多是总裁或总经理,法人代表和董事长尚属特例。尹炳新不仅创下了Brother集团的新纪录,也在中国的外资发展历史上,留下了值得铭记的时刻。

作为深度参与并推动"兄弟杯"落地的中国区掌舵者,尹炳新用"授人以鱼不如授人以渔"来表达Brother集团赞助举办这一赛事的初心。他想得很清楚,在吹起了改革开放东风的这片国土上,打破业界论资排辈的桎梏,给予年轻人充分展示的机会,是为中国服装设计行业输入新鲜血液、激活庞大需求市场的最好方式。这样的国际化大奖赛,既可以让中国服装界与国际接轨,帮助年轻人获取更前沿的时装潮流与设计理念,也有利于让世界看到中华文化的魅力,更好地理解中国。

当然,对于跨国企业而言,通过赛事在中国市场打响品牌知名度,并同时了解中国市场的时尚与需求,也是重要的动因和考量。

尹炳新对于最初几届金奖名单如数家珍。从第一届到第十一届,大部分是中国设计师胜出。这一定程度上是因为中国选手参与的比例比外国选手高——落地在中国举办的"兄弟杯",吸引了不少海外优秀设计师的参与,但也让中国的年轻人才获得了先天的主场优势。摘得桂冠的东方设计师们带着东方地域文化的色彩与底蕴,以此为起点加速迈向了世界。

马可在接受媒体采访时分享说,自己第一次尝试参赛就拿下了金奖,让她自己也吓了一跳,"因为我自己对那个作品还不是特别满意,一个初次的尝试,未来应该会有提升的空间,但这个奖是对我长期在设计这条路上走下去的一个肯定与鼓励,那次比赛也帮我建立了最初的知名度,让很多服装圈里的人知道我"[①]。

不止马可,历届奖项得主吴海燕、武学伟、武学凯、王钰涛、祁刚、邹游、李迎军、林雅丽等,至今都仍然活跃在中国乃至全球的设计界,引领着时尚风潮。这和初出茅庐对应的"35岁以内"的定位颇为关键。

李欣回忆说,第一届的金奖得主吴海燕当年来报名的时候,年龄正好是35岁。"当时我的助手提醒我说,她可能年龄超过了。我后来仔细一看,她的生日还没有到,而距离比赛的日子还有几个月,我就说她可以参加,还没到35岁",由此写下了"兄弟杯"和吴海燕彼此成就的

---

① 《马可:怎样的鞋 走怎样的路》,《青年周刊》第40期,2017年12月7日。

"兄弟杯"第一届金奖作品　吴海燕《鼎盛时代》

故事。

除了35岁以内的年轻设计师,国际化的"兄弟杯"另一个具有开创性意义的特点是聚焦创意和创新的定位。"在此之前,中国服装设计大赛基本上都是实用性服装设计的评比,评比创意和技巧的设计很少。"本身就是服装设计师出身的李欣深知,没有创意的服装设计是没有出路的。因此,她也下定决心,这场足够国际化的大赛一定要通过比赛来发掘服装设计师的思路,"让他们在新的创意下,达到一个新的境界"。

可以说,中国涌现出的第一批专业的服装设计师,就源自"兄弟杯"。这些在"兄弟杯"的比赛中崭露头角的年轻人,在一次次比拼中成为业界的"名师"。

"当时为'兄弟杯'邀请的评委多是来自世界各地的大师级人物，比如意大利、英国、美国、日本、法国，都在业内具有很高的权威。"尹炳新回忆说。兄弟集团在法国赞助时装秀积累了经验，也在时装圈内集聚了资源，把这些经验和资源带入中国方兴未艾的时装界，为培养当地的优秀设计师奠定了实实在在的基础。

一个具有开放性和市场化的细节是，"兄弟杯"的评委一律为国内外权威的专业人士，包括当时的美国FIT纽约时装学院服装设计系主任、教授卡罗·爱德森，意大利科菲亚国际服装艺术设计学院院长乔万尼·帕斯奎里，米兰马兰戈尼服装艺术学院院长保罗·派伦特，英国圣马丁艺术设计学院纺织品服装设计系服装学士（优等）学位课程主任维莉·沃尔特斯，挪威奥斯陆学院戏剧与艺术系教授布瑞特·艾姆德森，澳大利亚白宫服装及室内设计学院设计专业主任萨卓·斯特劳德，法国时装学院服装设计硕士学位课程主任弗兰希·派伦，《费加罗夫人》杂志高级时装编辑尼可尔·皮卡特，法国时装集团总裁阿乃特·歌蒂斯汀，日本著名服装设计师松岛正树，日本著名服装评论家大内顺子，东华大学-拉萨尔国际设计学院服装营销系主任乔治·海纳斯，香港理工大学纺织及制衣学系副教授区伟文，清华大学美术学院副院长李当岐，中央工艺美术学院教授袁杰英等。

"一开始13位评委里中外评委基本上是各占一半，后来发现中外评委的观点存在较大的差异，去掉一个最高分和最低分后，打出来的平均最高分不一定就是最好的作品。"李欣表示，为了能够用更国际化的眼光来审视这些参赛的作品，"兄弟杯"逐渐增加国际评委的人数，比重超过八成。

另一个让李欣记忆深刻的场景是，"我记得很清楚，第一次和兄弟公司的人会面是在国际饭店，结果兄弟公司一方来了十多个人，而我方只有我一个人"。Brother集团对于这场大赛的重视程度由此可见一斑。

在当时，已在"国际设计之都"法国巴黎积累了丰富办会经验和资源的Brother集团，也向李欣团队提出了诸多建设性意见，最终双方共同在活动的实际举办中尽最大努力在此前的基础上作了完善。

首届推进的顺利程度以及收效，让双方都感到意外。"第一届是在中国大饭店举办的，当时的确是盛况空前。"李欣还记得在首届大赛结束后的庆功晚宴上，亲自来到中国的兄弟工业株式会社副社长加藤功先生和自己说，没有想到这次赞助会激起一圈一圈的涟漪，影响力和效果不断扩大，取得了甚佳的效果。

基于这样的成功和效果，作为赞助商的Brother集团不断追加对大赛的投入，提供的"赞助"也不止步于大赛本身。

"'兄弟杯'给全球的年轻设计师们，提供了'小鲤鱼跳龙门'的机会。"尹炳新至今记得兄弟工业株式会社社长安井义博的这句评价。在首届"兄弟杯"的祝词中，安井提出："中国是世界上生产服装数量最多的国家之一，希望今后的服装设计水平也能达到世界第一……服装奥林匹克的希望在中国。"

从第二届开始，Brother集团每年都会邀请获奖的设计师进入他们在日本名古屋的培训基地参观、学习。作为带队者，李欣觉得，在那个年代中国设计师想要走出国门是极为不易的。而"兄弟杯"在将国际的设计师和评委引入中国，让他们看到中国服装设计行业的现状与成长之外，还创造了带着中国设计师"走出去"、开阔眼界的难得机会，"很多设计师在国外看到了先进的技术和服装设计以后，视野打开，灵感也被激发，设计出了更加出色的作品"。

如今，"兄弟杯"已经变成了"汉帛杯"。作为第一个10年的开创者，"兄弟杯"是中国时装界的播种者和耕耘者。第二个10年由"汉帛"这一中国服装制造品牌延续，也体现了国内服装制造行业的崛起和Brother集团对于本土制造的赋能。

在"中国国际青年设计师时装作品大赛30年展"的纪念仪式上，尹炳新代表Brother集团被邀请成为了座上宾。从"兄弟杯"到"汉帛杯"，这一历史变迁和历届设计作品，承载着时代精神和时尚潮流的变化，恰如30年展的主题——不止于观看，也不止于风尚。

三、一次国际进修改变了人生

如果说，"兄弟杯"是Brother集团打开中国大门的关键起点，为其深耕当地市场提供了加速器，那么，Brother集团加快在中国布局的更早动因，则在于一场因出国访学促成的相遇。

这次相遇改变了尹炳新的人生，也改写了Brother集团在东方的版图。

1991年，在天津科委任职的尹炳新争取到了以访问学者的身份赴日留学的机会。在此前的8年里，科技日语专业出身的他主要负责日资企业的招商引资工作。虽是初出茅庐，却也早早获得了当地官方的平台和视野，并有机会实际参与日本企业在天津的投资项目。这让他迅速熟悉了与招商引资相关的政策，也对日本企业的运营理念和模式有了初步认识。

"当时日本投资中国的热情还是比较高涨的。"尹炳新一方面负责接待日本企业界的代表团访华，帮助这些企业了解当地的外商投资政策和法律环境，寻找在中国的合适标的以促成投资落地；另一方面也通过合作和人才引进，把日本的资深专家请到国内，为中国制造企业做技术指导、"体检"诊断，促进中国与日本业界的交流，同时推动产学研间的合作。

回忆在天津科委的8年，尹炳新认为，对于一名刚毕业的大学生而言，这样的成长机遇是极为难得的，"这8年让我得到了很大的锻炼，大量对外接触的工作，让我看到了外面的世界，也更加开阔了眼界"。与此同时，跟随跨国企业协助投资落地的经验，也让他对项目运营有了直观的了解。

正是眼界够开阔，在赴日访学的机会来临时，尹炳新第一时间作出了决定，也因8年的积累，让他做好了准备。

就这样，正值青春的他背起行囊，踏上了充满未知与可能的土地。自此，一段与Brother集团的深厚缘分徐徐展开。

"我起初以为Brother集团叫Brother，应该是一家美国企业，对他们并不熟悉。"在尹炳新的记忆里，当时的Brother集团就已经是相当国际化的企业，在欧美已有成立了数十年的分公司。而他尝试应聘的岗位属于经营企划部门，主要负责海外事业的管理部门。虽然海外版图已经不小，但当时Brother集团在中国尚未建立子公司，业务量也并不大。这样的现状，让他看到了机会。

尹炳新敏锐地看到了中日两国经济比较优势的变化——日本企业在当地的制造成本越来越大，而全球的需求又越来越强。正在改革开放大潮中跑出加速度的中国制造和中国市场，具备了承接外资制造项目的能力，"当时外资普遍认为中国已经起来了"。再加上中国对外招商引资的优惠政策力度不断加大，日本企业在中国真正开启制造和销售等全方位的布局，可谓正当其时。

这样的预判与Brother集团高层的想法不谋而合，也让尹炳新经过几轮面试后成为了当时这一部门中唯一一名中国人。事实上，在面试的交流中，他们就探讨了关于加码投资中国的机遇和潜能。当时，Brother集团于1991年刚刚创建了在中国大陆的第一家制造公司珠海兄弟，并在两年后投入了家用缝纫机的生产。

在1992年调入兄弟工业株式会社经营企划部海外部的成田正人，是当时对亚洲业务的负责人，也是13年后成立的兄弟中国的首任董事长。他表示，那时候总部已经在考虑去中国设立更多的办事处和部门了，希望能逐步加大中国市场的开拓力度。

作为尹炳新的面试官之一，成田正人对这位来自中国的年轻人印象"特别好"，"很踏实，特别重视礼仪，同时又不会去迎合他人，而是有自己的想法"。

尹炳新当时的梦想，就是在日本积累跨国经营的经验，为今后能独立在中国做出一番事业打下基础。见证了他从入职到日后创办兄弟中国的经历，成田先生颇为感叹，最初抱着想要帮助年轻人圆梦的心态，与其共事20多年后发现，现实中反而是这位后生帮助到了他，给他带来了意想不到的启发和成长。

在负责Brother集团对华整体业务之前，成田先生曾在1982年赴中国台湾担任兄弟集团在当地的制造子公司负责人。这些经历让他对于中国文化有着特殊的好感，也让他成为了兄弟在华本土化以及尹炳新在兄弟的事业发展上关键的支持者。

在层层选拔中脱颖而出的尹炳新，于1992年正式加入了Brother集团。对他而言，放弃中国体制内的铁饭碗，远赴日本加入外资企业海外事业团队的决定并不贸然。除了看准外资进军中国市场的需求和趋势,和体制内的安稳相比,这份工作为尹炳新打开了新的窗口,也提供了更加国际化的视野和成长空间。

根据世界银行的数据,1992年,日本经济总量达到3.91万亿美元,按当年1美元兑换5.5元人民币的汇率估算,约为22万亿元人民币,位列全球第二,超过全球经济总量的15%;人均GDP为3.14万美元,折合人民币约为17.27万元,排在全球第四。对比而言,当年的中国,经济总量仅2.72万亿元,相当于只有日本的八分之一,人均GDP更是近八十分之一。

"在日本逛超市,我才意识到什么叫作物质得到了极大的丰富。每次去超市,都能看到日本人推着一大车出来。这和当时的中国相比,给我的冲击是很大的。"

冲击是全方位的。进入日本总部工作后,尹炳新用一个月的工资一口气买了四套西装和一件风衣,"在国内接待日本企业的时候也穿西装,当时觉得没多大差别,但进了公司才发现,不管是审美还是品质上都有明显差距"。30年前买的风衣他至今还在继续穿。他说,虽然旧了,但并不过时,十分耐穿。

走出体制、走出国门,需要时机,也需要判断力和决断力,还需要一些勇气。毕竟任何改变都对应着不确定的风险。"未来是好是坏不知道,但作出决定的当下,必然是奔着更大的事业去的。"已成家的尹炳新独自踏上了远行的旅程。半年后,他的妻儿一同搬迁,一家人正式在日本名古屋安顿了下来。

四、日本总部的中国人

尹炳新对两个日子印象深刻。一个是生日,另一个就是入职日——11月2日，这是他进入Brother集团的日子，也是他开启最长也最重要的职业生涯的起点。

在Brother集团管理海外事业的部门里，尹炳新是唯一的中国人。对于中国市场及招商环境的理解，让他顺理成章成为了推动Brother集团进入中国市场、落地投资的加速器。

在日本总部工作期间，为了满足当时供不应求的美国市场，公司曾抽调各大职能部门的人员去生产线提供临时支援，这让他在日本工厂的生产线上体验了一个月的传真机组装工作。

生产线上的加班加点和忙碌光景，让他深切体会到了当时日本出口大爆发的情势，也看到供不应求之下日本制造产业转移的迫切。拐点已经来临：经历了高速发展的日本，正在开启增速放缓的漫长阶段，面临着老龄化、少子化等结构性挑战。对日本乃至全世界而言，当年的中国都是制造业投资的热土。

"Brother集团当时就很重视中国市场，另外，高层本身对中国的态度特别友好。"尹炳新很庆幸，自己来到了一个对中国高度友好和认可的百年集团。作为外来者，他也保持着比身边人更敏锐的观察力和学习力。他像海绵一样，吸收着日本国际化、现代化企业管理的理念和经验，也快速熟悉了系统化的管理流程、制度和体系。

尹炳新犹如搭上了一趟在轨道上平稳前行、内部管理有序的快速列车，系统化的培训、讲座、分享会和研修机会，以及明确完善的晋升制度，让他的职业成长变得有章可循，也因为可计划性而变得高效。

此前在地方政府任职时，尹炳新也会跟着日本专家走进中国企业，帮助他们在技术方面作相关诊断，这让他接触了大量中国企业，也了解了运营管理方式。即便如此，进入了Brother集团后，他仍然觉得包括人事管理制度在内的大量理念和方式,都可以用"耳目一新"来形容。

"当时我们中国的企业还属于起步阶段,刚刚从计划经济向市场经济转型,必然和国际化的企业存在差距。"尹炳新说,从国际化经验来说,Brother 集团分别于 1954 年和 1958 年在美国和欧洲成立了子公司,当时就已进入了相对成熟的阶段。

除了企业管理领域的理念、经验和知识体系,并无语言障碍的尹炳新也在与日本同事和上司的顺畅沟通中,深刻体会到两国文化之间的差异。交流是双向的。他觉得,日本的同事也会去了解中国人的做法,包括中国业务的推进,都需要日本同事一起搭档、形成合力。

作为新进不久的员工,尹炳新获得了较高的平台,但资历尚浅,职级也并不高。得益于 Brother 集团相对民主的沟通环境,让他常常被集团高层邀请参与交流,"有些是开会喊我过去一起聊,有时候突然想到些话题也会找我当面谈,还会有一些和高层领导一同出差的机会,也会交流"。

这样"越级"且频繁的交流,进一步加速了 Brother 集团对中国投资的步伐。

作为尹炳新当时的顶头上司,成田正人提出,安排他在日本总部工作数年,是希望让这位有想法的中国人深入体会并熟悉 Brother 集团的文化。事实上,他在这几年里也的确对此有了透彻的理解。与此同时,总部也会安排他经常往返两地,参与在中国设厂、建立办事处的相关事宜,"90 年代 Brother 集团想要在中国本土设立 5 个工厂,在日本这边也需要做大量的准备工作"。

1996 年,在日本工作生活了 4 年后,尹炳新受集团委派常驻北京,担任兄弟公司北京办事处的负责人。在此期间,他进一步掌握了中国不同地域招引外资的政策，也在实地运营中对中国市场的机遇、挑战以及日本集团的具体需求有了更直观的认识。

作为尹炳新在北京4年期间的助理，当年只有20多岁的徐继舒如今已至退休之年。从毕业入职至今，她没想到自己会在一家企业一待就待了30年。但如今想来，一点也不奇怪，在兄弟中国团队的融洽氛围中，有着大量忠诚度极高的资深老员工，更何况她年轻时就有机会在创始人身边工作，耳濡目染，深受公司文化的影响。

"这是我历任领导中最年轻的一位，也是我接触的第一位中国人面孔的领导。"徐继舒于1992年进入Brother集团下属缝纫机事业部驻京代表处，成为尹炳新的助理时已入职4年。从年龄差距的角度来说，她更多是把这位年轻的领导视为兄长一般。正是这样一位有魄力、有能力却平易近人的兄长，让她见识到了企业家"开疆拓土"的魅力，也在工作和生活中受到了长久的激励和感染。

"兄弟杯"是尹炳新在北京4年期间投入较多精力和时间的项目之一，也成为兄弟品牌在中国市场加速壮大的契机。这样的上升趋势，与尹炳新加快在中国铺开市场的试验探索相呼应。

事实上，尹炳新在还没到北京常驻前，就开始利用回中国出差的机会拓展市场。常驻后，跟代理商的接触机会和业务拓展工作开展得更多了。在来到北京后，首要的任务是通过各种渠道和方式充分利用"兄弟杯"来做品牌推广。

在北京耕耘4年后，即2000年，尹炳新回到日本总部负责中国和亚太业务。他开始与总部领导具体商议、筹划——把商品出口到中国之外，还要真正在中国扎下根，成立一家兼具中国区域管理和销售职能的公司，以负责推进Brother集团全系列产品在华的市场销售业务。

尹炳新与徐继舒（右一）等北京办事处人员合影

第一个问题就是选址。要成立兄弟中国，是在北京还是在上海？

尹炳新给出了自己的意见，"上海从1992年开始发生剧变，尤其是经济的变化"，因此把销售和管理公司设在上海可能比设在作为政治中心的北京更加合适。

1990年初，中国改革开放的总设计师邓小平把眼光投向了与繁华的浦西仅一江之隔的浦东，并作出了开发浦东的决策部署。1992年10月，国务院批复设立上海市浦东新区，把开发浦东从地方战略构想提升为国家重大战略决策，也让上海以排头兵的姿态和先行者的担当，开启了全力推进高水平改革开放的新时代。

在中国加入世界贸易组织（WTO）的东风下，Brother集团作出了在上海成立兄弟中国的决定,也毫无悬念地定下了由尹炳新担任兄弟中国的董事副总经理,辅佐兄弟中国的首任董事长推进具体的事务运营和管理工作。

2003年,尹炳新率先来到上海打起了前站。彼时尹炳新没想到,回到中国、扎根上海,这一待就是20多年。

初创期：
探索·从零开始（2003—2008）

第1章 | 从零到一

百年日企在中国迈出这一具有历史性意义的步伐,是一场天时、地利、人和的双向奔赴,酝酿已久的想法终于落地。

从大环境而言,一方面,叠加人口、土地空间和经济转型等诸多变化与需求,日本的传统制造产业当时正大规模向外转移;另一方面,中国开放大门,用富有吸引力的政策和产业潜能吸引着越来越多外资涌入,也掀起了外资大举进入中国的大潮。

对Brother集团而言,已在欧美等海外市场成熟运营了近50年后,中国成为了当下最合适也最诱人的投资目的地。经过几年的人才资源储备、产能布局和整体筹划,Brother集团的在华布局迎来了契机:从由进口商操作到专门设立中国公司运作当地市场的转变。

2004年4月,《外商投资商业领域管理办法》正式出台,允许在华外资注册"中国"字号公司。Brother集团第一时间向中国商务部登记备案。2005年2月,商务部批准。同年3月,兄弟(中国)商业有限公司在上海市工商局登记成立,并于6月在浦东香格里拉酒店举行了盛大的开业庆典。

在宏观上熟悉日本文化、深谙中国经商之道和招商政策,在微观上了解日本总部的理念,参与了Brother集团在中国几乎所有工厂、办事处和销售渠道构建升级的尹炳新,当之无愧是兄弟中国的奠基者和"灵魂人物"。

严格说来,兄弟中国的在华20年,是于2005年正式拉开帷幕的。这一年,全面布局正式铺开——成立兄弟中国,分别在北京、广州设立办事处(后分别于2009年、2006年升级为分公司)。

2005年兄弟中国在浦东香格里拉酒店举行开业庆典

兄弟中国开业庆典现场（左三为成田先生，右二为尹炳新）

从选址到招兵买马,事无巨细都需要从头开始。

在初创期间,兄弟中国采取高度扁平化的管理模式。尹炳新在全程把关的同时,也对创始团队充分放权和信任,从而最大化地激发出了员工的积极性和能力。

作为当年尹炳新在北京工作期间的助理,徐继舒协助进行北京分公司前期的手续办理和办公场地筛选等工作,上海和广州分公司的创办事宜则交给当时的销售总监助理张燕,两路人马分头行动,等初步有了眉目,再由尹炳新前往现场后最终敲定。

当时的北京分公司前台

位于东宝大厦的广州分公司

最终，兄弟中国北京分公司落址于东直门外大街48号的东方银座，广州分公司选择了位于东风东路767号的东宝大厦，上海的团队则在虹桥上海城（现更名南丰城）安定了下来。随后，成都分公司（2009年）、沈阳分公司（2011年）、西安分公司（2013年）、武汉分公司（2014年）相继成立，兄弟在中国的市场版图不断壮大。

尹炳新在原上海总部,拍摄于2010年

从零到一,核心团队的稳定无疑是企业成功创立最重要的基础。一个颇有些传奇的地方在于,跟着尹炳新一同创办了兄弟中国的老兵们,绝大部分都陪着走到了今天。团队如此高的稳定性和延续性,与尹炳新从始至终着重构建的企业文化不无关联。

"现代管理学之父"彼得·德鲁克在《管理的实践》一书中提到,在每个企业中,管理者都是赋予企业生命、注入活力的要素。在竞争激烈的经济体系中,企业能否成功,是否长存,完全要视管理者的素质与绩效而定,因为管理者的素质与绩效是企业唯一拥有的有效优势。

尹炳新既是管理者,也是塑造、培育并凝聚管理队伍的核心领导者。

如果把尹炳新看作兄弟中国的"一代",那么这些在兄弟中国初创早期经过尹炳新面试进入了公司并坚守到今天的老员工则是"二代",他们目前在兄弟中国的各个子公司或各部门担任中高层管理者,其中包括尹炳新的继任者——现任董事长张燕。

对这些有机会直接受尹炳新的带领和指引、与之并肩作战的"二代"而言，他们坚守至今的原因，除了价值观与企业文化的吸引力和契合度，也不可避免地受到了领导者个人魅力的感染。

2003年初，从日本回国完成了婚姻大事的张燕其实并不急着工作。她在不同企业的面试中享受着乐趣，也在大量信息的吸收中静候着自己事业的缘分。原本还想着多看、多选择的她，却在兄弟中国的面试中迅速作出了决定。

"当时面试了很多家，来这儿面试后很快就决定了。"张燕说，在面试时尹炳新专门提到了集团的企业文化，让她对具有百年历史的兄弟公司价值观印象深刻，其中就包括要创造让员工更加积极明朗的环境，"我到现在都很相信企业文化能造就和改变人，这对当时的我很有吸引力，百年前创立之初就能想到并坚持以人为本，多么难得"。

随后，在兄弟中国的20年里，张燕每个阶段都离不开尹炳新这位伯乐的指引。在做了多年销售后，她在尹炳新的说服下转岗行政，不仅为其成为继任者埋下了伏笔，也为她个人的职业生涯打开了一片天。2022年夏天，在尹炳新的力荐之下，她延续了兄弟中国由中国人来担任董事长的"新传统"。

现任兄弟中国营业企划部市场营销负责人袁黎明是2004年8月加入的。在此之前，他曾在多家日本企业做过销售和市场。同样直接由尹炳新面试的他记住了那些接地气的提问，以及面试官的平易近人和对自己意愿的重视。"当时问了我关于市场和趋势的看法，也问了我希望做销售还是市场的意愿。"他觉得，这些互动性强的问题主要在于考验一个人的反应敏捷程度，而最终安排工作时也充分尊重了自己的意愿，让他如愿进入了市场部。

一年多后，袁黎明升任部门主管。尹炳新的一句话让他牢记至今，"他说，疑人不用、用人不疑，这既是对我的期待，也是对我日后工作的要求。在工作中，信任和放权是非常重要的"。

张萍也是伴随着兄弟中国走过20多年的资深员工。在此之前，她就职于另一家外资品牌在中国的全国总代公司，因此对于兄弟品牌和其他品牌的在华销售体系有着直观的对比，也对于尹炳新的信任和放权深有体会。

2005年，刚入职担任销售的张萍接到了一个规模不小的行业订单，数千台设备的大单全程都交由她全权负责。惊讶的不只是年轻的她，还有客户，并直接影响了他们对于兄弟品牌的认识，"客户会觉得和我谈是足够高效的，也说明这不是老板一言堂的公司"。

最后当客户来到公司拜访时，与尹炳新、北京分公司的负责人以及负责渠道销售的经理做了交流后感叹道，没想到管理团队的亲和力那么强，更没想到管理者如此懂得放权。"我们的领导只参与了整个订单最关键的环节，其他品牌可能相反，到了关键环节会以权限不够为由不让销售人员参与。"最终，这笔订单顺利成交，第一笔就直接支付了80%的金额，"这是很少发生的"。

销售的工作需要在市场上不断突破、拓荒。而尹炳新为了帮助员工拿下客户，自觉充当辅助角色，协助他们稳定客户关系。出于对行业客户和政府采购的重视，尹炳新也会主动帮助张萍他们在收集全国政府采购信息方面提供支持。

"信任、放权、追踪"，这个尹炳新一以贯之、渗透在工作细节中的经营哲学，影响了整个管理团队的理念，也筑就了兄弟中国人性化、自觉、融洽的文化氛围。

徐继舒觉得，愿意一直留在兄弟中国，正是因为这种文化氛围让员工拥有足够的信任和黏性，也一定程度上出于对领导者本身的欣赏、崇拜和亲切感。

尹炳新平时坚持运动，即使前一天晚上忙到再晚，第二天一早也会按时跑步或游泳。运动让他有了更充沛的精力投入工作。每天早晨的公司出勤，他也都是最早到的。

尹炳新在生活和工作中自律自觉、认真细致，在待人接物上则展现出平静、随和的松弛感，在与外界商谈合作事宜时，总能有四两拨千斤的魅力，"言谈之间，就把自己设定的目标和事圆满完成了，这和人的个性有关，也是能力"。

在徐继舒的记忆里，即使当年的尹炳新也不过比自己年长几岁，但很少见过这位兄长有焦虑、犯难、踌躇不前的时候，"他就没有觉得有很难的事，办事总是很自信，能够直面困难，善于运筹帷幄。他常常和我说，任何事没有不可能，主动去谈、去问就好了"。这样的处事风格，也让原本内向的徐继舒受到了感染，增添了一股韧性。

兄弟中国北京大区负责人梁巍入职20多年，是尹炳新面试的第一批雇员。他在面试的初次相识中，记住了这位兄长高大挺拔的身材和一身笔挺的正装，英俊儒雅的外表下，散发着让人感到轻松的亲和力。他认为，尹炳新曾经被选拔为大学校队选手，这种优良的体能让他在年复一年的工作中展现出了充沛的精力，也让他始终保持着活跃的思考力。

全日宏同样是兄弟中国北京分公司的首批雇员，入职时间为2003年7月1日。在为兄弟产品做测试的服务机构供职多年，他对于兄弟产品的特点和优势已经有了直观的认识，顺利进入兄弟中国在北京的售后服务部门。他在接受兄弟中国的面试中记住了第一面的感受,那就是尹炳新的亲和力,"没有威权,却有魅力,能让大家都信服"。

2011年,兄弟中国沈阳分公司成立。2012年9月,全日宏出于想要回家乡安顿的心愿,在没有任何销售经验的情况下从售后转至销售,并如愿回到了沈阳。这不仅受益于兄弟中国充分的放权和信任,也让他深切感受到了百年兄弟"以人为本"的魅力和人文关怀。

他还记得尹炳新当时和他说的话,"你接受的所有都是营养液,只要保持积极的心态,在新的领域和环境中努力去做,都是学习成长的过程"。积极心态,在兄弟中国正是这样自上而下地传递着。通过在技术和市场领域的日积月累,他最终成为了兄弟中国沈阳分公司的负责人。

向明,现任兄弟中国北京分公司营业部渠道总监,比全日宏晚加入4个月,至今也已入职22年。由于尹炳新几乎每个月都会到访北京,因此和北京分公司的员工们保持着较为频繁的交流。在向明的印象里,这位在公司里级别最高的中国领导者,始终都是平易近人的,员工有不满时总是乐于倾听,"他是我们的主心骨,你遇到困难的时候,和代理商之间有业务交流不畅的时候,他是永远挺你的"。亲和力之外,尹炳新一诺千金和守时的严谨品质,也令人折服,"他总是会比约定的时间提前10分钟到。如果有10分钟的变化,也都会提前联系你。前天晚上他即使12点才到家,第二天仍然会在早上8点准时出现在公司里"。

如《荀子·君道篇》所言,君者槃也,民者水也,槃圆而水圆。君者盂也,盂方而水方。尹炳新自律和守信的言行举止,向明他们看在眼里,也深受感染,"有些低谷时期,看到他都一直在坚持,从来没有动摇过,再大的风风雨雨也就一起走过来了"。

在工作中,尹炳新是导师,为向明这样的销售人员提供来自一线观察和行业高度的业务指导。在生活中，他也是称职的引路人，会与员工们交流从家庭生活到子女教育的问题。

"他倡导工作的目的是为了更好地生活和照顾家庭，也会在职责范围内努力让大家过得更好。"向明还记得在刚入职时，起薪较低。原因是兄弟中国尚在初创期，考核机制主要延续前身公司制度。后来，尹炳新通过深入调研和果敢决策，对公司的激励机制进行了全方位的优化和提升，并系统性地完善了员工的福利制度，大幅提高了员工的平均收入，"能体会到他是在竭尽全力地为我们着想"。

这种亲身体会，也让员工们生出了内在动力，在工作中尽心尽力。

作为尹炳新当时的顶头上司，成田先生也给出了与员工们高度一致的评价：他善于接纳并包容他人的意见，不会一味地依照自身想法行事，而是会更为积极地倾听和尊重他人的诉求。这种开放宽容的氛围，极大提升了员工自主创新的积极性，也增添了他们的愉悦感。

与此同时，让成田印象深刻的是，尹炳新是非常善于用人的领导者，遇到困难时不会一个人盲目硬闯，而是会寻觅合适的人才一起推进，比如在省级代理体系的构建和完善上，他就找到了得力的执行者王剑波。

王剑波：尹炳新的另一面

"今天我站在这里，没什么好感谢的。去年四五六月份，在座的各位抛货抛得比谁都快。"

在2024年3月20日举行的兄弟中国全国战略合作伙伴年会上，有一个一上台说话就打破了"和谐"氛围的人，他就是时任兄弟中国副总裁的王剑波。也就在那一个月，从兄弟中国创办伊始就与尹炳新并肩战斗的这位老将，将正式退休。为了实现更加平稳的过渡，他将以顾问的身份继续留任一年。

王剑波既不是兄弟中国的"二代"，也不认为自己是"一代"。1996年从日本回国后，他就进入了Brother集团在上海的办事处负责市场活动，也在兄弟中国成立时，成为与尹炳新一同面试员工、组建团队，打造独特代理商体系的人。

他是尹炳新的得力助手，犹如这位掌门人的左膀右臂，亦展现出后者谦和、宽厚、沉稳之外的另一面特质。他以更为犀利、强势且激进的方式，推动着兄弟中国在竞争激烈的商业战场上披荆斩棘，奋勇前行。两人的互补之默契，好比是人与其影，目标高度一致，只是行事风格黑白有别。尹炳新的识人与任人智慧也由此可见。

最佳拍档王剑波（右）与尹炳新

"老板表面平和，实际内心强大，想做的事必须要去做。而我是一个很好的实施者，有着狼性与争勇好斗的性格和思维。"王剑波丝毫不掩饰自己的风格，他很清楚，做销售、开拓市场必须要有狼性，不管是面对公司内部的员工，还是与公司代理商甚至用户相处，都需要"拼劲"，"先得有狼性，把营业额拿到手，才能去谈部门的配合与文化"。同样的，平时"公司文化老板谈，我负责谈如何有利润，如何让对方遵循市场规则"。

这种狼性的背后，是王剑波所背负的业绩压力和责任。于他而言，给予代理商和经销商最根本的保证，便是确保他们能够获取利润。

这种利益还不是短期的，而是长期的。这是兄弟中国将代理商视为战略合作伙伴的初衷，也是始终遵循兄弟价值观的实践。"大公司做人，小公司做事。要想做长远的生意还是要先做人，信任是逐渐建立的。"王剑波的狼性表面之下，实则仍是和尹炳新一样的宽厚、长期主义的底色。

在他看来，作为后来者，兄弟品牌在当时处于推广期，品牌知名度不够。要想让代理商进货，必须要用高额利润来吸引他们。这种高额利润，不是从消费者身上索取的，而是兄弟中国让出去的。

王剑波形容自己长期都在夹缝中生存——一边是从零开始、必须快速抢占市场的高增长目标，一边是全新模式、需要用利润驱动并给予稳定价格体系的代理商和经销商团队。于是，他与尹炳新商议后决定，推行省级代理体系。后来随着兄弟产品型号增多，兄弟中国开始设立OA和IT两条线，分拣不同的型号，在销售上形成互补和良性竞争的同时，也降低单独代理的风险。为了激发代理商的积极性和主动性，撬动现有资源用于市场的推广，兄弟中国会投入人力、物力，帮助他们召开代理商会议和各种市场活动,以支持其开拓渠道、整合资源。

不管是兄弟中国的内部还是外部,王剑波都是比尹炳新更加强势的角色。在前述战略合作伙伴年会上一开口就"唱黑脸"的他,也很符合这样的人设。他说自己就是来专攻困难的,"老板把握方向,我来执行落地"。

他觉得,正是因为品牌尚未被人高度认可,才更加需要由他去开拓,去做渠道建设,用市场策略去向外界阐释产品和品牌的真正价值。如果整个团队的道路走得顺当,他这个职位或许也就不那么重要了。

王剑波喜欢冒险和挑战,这种性格也恰恰被兄弟中国"后来居上"的雄心壮志所吸引,激发出不畏艰难、勇往直前的激情。在迎接挑战和直击问题的过程中,他享受到了成就感,"我觉得自己是被需要的"。

王剑波认为,尹炳新带领兄弟中国开疆拓土,得以成功的关键原因就在于"用人得当,富有肚量,对部下信任、懂得放手"。在用人得当方面,任用他作为自己的得力助手就是力证之一。而信任和放权,与尹炳新密切打配合的他自然也深有体会。

"他发现我做得不对,通常会问几个问题来提醒我,启发我自己去改变。"王剑波回忆起当年兄弟中国刚成立时,由他掌握着营业部门的人事权,而本身学历背景出色的自己很注重学历,坚持要招名校、正规本科毕业的人。尹炳新并没有直接反驳,而是平静地对他说了一句话:"不同岗位需要不同的人才,适合的才是好的人才,而不应该拘泥于出身。"

虽然先期招聘的大学生最终都在兄弟中国内部成为了骨干,但这种平和的谈话技巧,让他深受启发,也引导他更加懂得尊重对方,尤其要尊重弱者,"我之前更多是强者思维,是他改变了我"。

"没有他,没有这个平台,我不可能收获今天。"他坦言,曾经的自己是一名叛逆不羁的迷茫青年。在人生的关键转折点,是尹炳新以其卓越的领导风范、深邃的人生智慧和宽广的胸怀,给予了他耐心的指点和引导,也让他在及时的反思中踏上了蜕变之路。凭借聪颖的天资和脚踏实地的努力,他在兄弟中国成功实现了华丽的转身,成长为受人尊重的企业高管,在商业舞台上绽放出属于自己的光彩。

兄弟中国的高速增长,王剑波的"狼性"功不可没。在高涨的业绩之下,他收获了与营业额成正比增长的工资以及职位的升迁。在开拓市场高歌猛进中,他也获得了更多的市场资源。但他坦言,如果没有尹炳新在前面把握方向和节奏,公司的发展不会那么快。

为了冲击销量,他起初更加注重整机的销售,而忽略了耗材的销售。事实上,这个环节才是持续获得利润的关键。重视耗材的销售,也是尹炳新在誓师大会等各种场合反复强调的事。受此影响,他开始逐渐认识到,在公司整体的发展进程中,目光必须放得长远,不能仅仅着眼于短期的营业额,而应更多关注那些具有战略意义的机型以及耗材的销售。只有这样,才能推动公司在激烈的市场竞争中实现可持续发展。

2023年,国内的激光市场需求出现了明显下滑,整体市场容量收缩了8%左右,兄弟中国也不可避免地受到了冲击。这也由此出现了上文提到的"代理商抛货"——因为疫情期间市场需求透支叠加后疫情时期的消费复苏乏力,再加上国产化品牌的强势加入,让代理商及经销商的库存加大,也承受不住纷纷抛货。

抛货必然导致价格混乱,为此,王剑波立刻组织各区域,及时控制了库存。很快,价格稳住了,也为代理商们在今年保住了更大的实力。与此同时,他也敏锐地意识到,为了控制库存,短期采取的截流举措,也可能意味着在新一年市场需求起来时将面临缺货的风险。因此,如何在市场的变化中通过动态调整找到平衡,是催促着这位销售负责人思考不停、步履不歇的一大考验。

即使退休了,王剑波对于市场波动的观察和思考也丝毫没有松懈。面对波折,他仍然会提前考虑到最坏的情形,然后奔着目标雷厉风行。只是和往年不同,留给他的时间不多了——退休后的留任也不过一年,团队需要在完成平稳交接的同时,想出切实有效的应对办法。而这也是任何一艘在海上航行的大船,需要长期面对的风浪。在离任前的最后一年,这位曾在惊涛骇浪中激流勇进的老兵,也要抓紧将自己积累半生的经验和智慧,传授给继任的年轻团队,帮助他们把握时速,稳健前行。

第2章 | 在上海的第一次失眠

从零到一的初创期，兄弟中国看起来势如破竹的突破背后，必然经历过波折和风浪，也有过不为人知的焦虑。

管理团队的稳定和长期陪伴，归功于兄弟中国的企业文化和向心力。但在初创时期，行业内抢手的营销人员，并不总是有耐心或能及时看到这个团队的潜力。

2003年，就在尹炳新一边忙着面试扩招新人，一边努力经营新建不久的团队时，一名销售负责人突然辞职，让刚刚启动的销售工作突然缺了一角，也让他感受到了前所未有的焦虑。

原本作息规律的尹炳新，在刚来上海之际经历了创业以来的第一次失眠。接下来怎么建团队，怎么稳人心，成为他在短暂焦虑后深度思考的问题。

"那阵子每天都在面试，招聘不同团队的人，包括营业团队、技术团队、市场团队等等，也尝试过不同的方式。很快发现，从外部直接空降过来担任高管并不合适。"尹炳新说，自那以后，他开始下定决心，要更多从内部去培养不同层次和级别的人，这也意味着需要构建一整套完善的培训、人事制度，并借助企业文化的力量来稳定团队。

通过针对性的交流、总结和学习，他想得很清楚，骨干团队还是要更多在内部自主培养，经过长期的实践和陪伴，更容易找出与企业文化高度吻合的人才——一个高度强调合作的团队，需要的不是能力强但喜欢单打独斗的"销冠"，而是务必要能够融入团队、与团队协同并进的人才。"要团队还是要销冠"，兄弟中国的答案是前者，这也正是百年兄弟《全球宪章》在中国公司的延续和落地。

那份尹炳新和每位员工随身携带的小册子，清晰印着全体兄弟人秉承的《全球宪章》——这是集团开展一切活动的根基，也明确了与包含顾客、员工、商业合作伙伴、股东、地区社会和环境在内的所有利益相关方的关系。

比如对待顾客，集团本着在任何情况下都以顾客第一为宗旨的"At your side."（在你身边），创造优良价值并迅速提供给顾客，与顾客建立长期的信赖和忠诚关系。

在与员工的关系建立上，集团重视员工的多样性，为员工提供可发挥各种才能的工作环境和具有挑战性的工作机遇。并且，对员工的努力与成绩给予公正的评级和合理的报酬。同时，要求员工的行为成为社会模范，与公司拥有共同的价值观，为实现目标奋发努力，取得超水准的成绩，长期发挥才能与技能。

在此基础上，兄弟中国结合中国国情，提出了本土化的使命和愿景，并在2022年作出了升级。其中，使命为"多元包容、求变创新，成就顾客、幸福员工，关爱地球、回馈社会"。愿景则为践行"At your side."，成为中国用户的最佳伙伴；加速成长，成为Brother集团全球发展战略的核心。

作为销售管理型公司，兄弟中国的企业文化在追求顾客至上的同时，也将员工的成长与幸福放在了极为重要的地位。在尹炳新看来，顾客的满意度以及产品和服务价值，是需要通过员工来实现的，"要把真正的价值传递给顾客，就必须让员工持续成长，才可能让顾客满意"。

尹炳新认为，Brother集团始终致力于打造"积极、明朗、愉快"的企业文化，这是一种传承和实践了百年的文化，并非"狼性文化"或"鹰性文化"，也似乎很难用人本型的"象文化"或稳健型的"羚羊文化"来简单归类。

让员工在工作时感到愉悦无疑是当前职场"卷"文化的一股清流。

在尹炳新看来,加班固然能带来短期的效率,但牺牲的却是员工长期的身心健康,还会侵占员工用于休息和生活的时间,失去了工作本来的意义。因此,兄弟中国旗帜鲜明地支持"不加班",鼓励员工们在工作期间提高效率,每天按时下班,自觉平衡好工作与生活。同时,公司还搭建了一套员工身心健康关怀体系,努力让员工以最佳的身心状态在漫漫人生中"乘风破浪"。

不"卷"不代表散漫,也不意味着不敬业或不上进。

从2010年开始,在"信任、放权、追踪"的理念引导下,兄弟中国提出了打造自律型员工和挑战型团队的倡议,即在用人上激励下属共同超越自我,达到更高的目标,进而培养自律型员工,推动部门成为挑战型团队。

兄弟中国从持续10年的员工满意度调查中还发现,员工仅达到"满意"状态,并不必然对应着"高幸福感",也不能对企业业绩产生足够大的正向影响;只有当员工能够从工作中获取价值时,他们才会自发地、高质量地完成日常工作和业绩目标。

于是,兄弟中国又引入了"敬业度"的概念,将员工满意度与敬业度相融合,通过营造充满活力、健康和人文关怀的职场氛围,持续为员工注入能量,充分激发组织里每个"人"的价值创造,实现企业与员工的双赢。

在积极明朗的环境中,兄弟中国还为员工们在不同阶段的学习提供了丰富且系统的培训,也为他们的成长和晋升打开了顺畅的通道。

自从决定自主培养人才以来,兄弟中国开始着手引入教练式研修项目,并开始逐步推动这一项目的内置化,进而创建了兄弟创新研究院,根据员工的职级、能力和需求差异制定针对性的项目和活动。兄弟创新研究院主要分为面向新人的启知院、面向中坚力量的匠心院以及针对管理层的精英院,旨在培育创新土壤、形成人才梯队的同时,为每位员工提供公正、公平、广阔的职业发展空间。

内部培养是在招人和提拔之初就需要被纳入考虑范畴的。"比如,对于人数规模在30—40人的部门,在位置空缺时,将一名员工升为主管的时候,就可以尝试让他做经理的工作,一步步在工作的实战训练中带上来。"对尹炳新而言,在招人、初步识人时,就必须带入长期培养的计划,对个人乃至团队的未来也需要更长远的考虑。

在吸引人才和留住人才上,贯穿始终的那条线,一直是兄弟中国润物细无声的企业文化。

为了打造富有凝聚力的团队,兄弟中国成立之初就高度重视企业文化的培训,定期邀请兄弟总部《全球宪章》推进负责人来到中国,与当地团队分享集团的价值观,讲述百年企业的故事,对兄弟中国的年轻团队理解品牌文化并与文化形成共鸣,确确实实起到了效果。

第3章 | 兄弟独创的代理商体系

作为同行外资品牌的后来者，尹炳新必须找到在激烈竞争中脱颖而出的方式。对内打造一个极具凝聚力的团队之外，对外建立一个富有活力的代理商和经销商体系至关重要，这也成为他书写兄弟中国市场版图最为浓墨重彩的一笔。

中国办公设备领域的资深专业人士郑子冀，亲身参与过多个外资传真打印机品牌进入中国的早期历程。他把与兄弟公司的合作视为30年职业生涯中无可替代的关键标识。

30年前，郑子冀供职于国家工信部前身电子工业部下属的中国电子器件工业总公司（下称"中国电子"），"当时中国尚未加入WTO，外资品牌无法独资在华从事销售和服务经营，进入中国市场的首选方式，就是与有行业背景和净出口权的中资电子企业合作"。20世纪90年代，Brother集团在华主要销售传真机产品，一直到2003年才决定将激光打印机引入中国市场。那个时候，Brother集团带着两款产品找到他们，委托中国电子合作推广，也自此打开了他与兄弟的渊源。

彼时，Brother品牌在全球打印机领域已经具有很强的技术领先性和影响力，"他们想把自有品牌引入中国时，就已经是全球市场占有率排名第二的激光机品牌了。而且多功能一体机MFC也是兄弟首创，所以这个品牌是自带光环的"。

原本以为强强联合之下中国的市场可以快速打开，没想到却因为"来得晚"而遇到了巨大的阻力——当他把Brother产品向已经建立了长期合作关系的渠道商介绍时，绝大部分人都拒绝了，"Brother虽然在全球有知名度，但在中国的知名度并不高。大家还是'迷信'进入市场更早的知名品牌"。

这样的现实挑战,进一步激励着兄弟中国寻找突破困局的隙口。

兄弟中国独创的省级代理体系应运而生,不仅将品牌方的销售触角向市场深入了一步,也将管理和服务向前迈进了一步。

省级代理商体系,和当时几乎所有外资品牌采用全国总代不同,是直接将代理、经销和流通体系缩短了一环。这意味着,兄弟中国就相当于品牌的全国总代,不仅为代理商和经销商让出了更大的利润,提供了从供货、物流到资金更大的支持,而且也让兄弟品牌更加贴近市场。

尹炳新清楚地看到,在当时的市场环境中,产品竞争的同质化越来越高,为此必须追求自身的差异化。兄弟中国的差异化之一,就是与渠道经销商的关系——不是简单的买卖关系,而是把代理商视为战略合作伙伴。

在郑子冀看来,兄弟中国能够"后来居上"的原因,一方面归功于本身拥有极强的产品竞争力和技术优势,另一方面受益于百年企业的文化积淀,以及对中方管理团队的信任和授权,这也让兄弟中国成为具有稳定经营策略,并且真正本土化的企业。其中,最突出的一点,就是秉持长期主义思维对于代理商的尊重和陪伴,真正做到了"四海之内皆兄弟"。"兄弟中国对长期主义的坚守,在中国办公产业发展的历史上堪称典范。"他这样说。

尹炳新鲜明地提出"和战略合作伙伴共同成长"的口号,"这个和一般代理商或经销商的概念是有本质区别的。当我们在商场上遇到经济危机或者困难的时期,不是一味用绩效数字去逼迫他们,而是思考怎样帮助他们解决实际问题"。基于这种理念,兄弟中国高频率地为代理商组织培训,从初期产品培训到企业管理,包括如何提炼企业文化,如何培养团队,如何做好人力资源管理等,长久地以这种战略合作伙伴关系来经营兄弟的打印事业。最初的时候,代理商并非只销售兄弟的产品,还同时代理其他品牌,但在被视为"战略合作伙伴"的诚意和信任下,他们纷纷选择把兄弟作为主营产品,将越来越多的重心和精力投入到兄弟的事业中。仅仅几年,兄弟的品牌市场份额直线上升,并在2015年位居行业第二,高峰期的营业额较成立之初上涨了4倍以上。

在代理商的选择上,尹炳新是谨慎的,也有着独到的想法:"这是一个漫长的匹配过程。我们未必会选择当地最大的代理商作为省代,而会更多选择具有发展性的企业,可能公司是刚成立,但老板的思路很活跃,也有前瞻性。"

和兄弟中国一起壮大起来的代理商不在少数。二十年来,这些代理商经历了兄弟品牌从零开始到成为其最主要的产品,实现了业务规模成倍增加以及企业现代化管理提升的蜕变,也成为兄弟中国在华开疆拓土的重要支柱。

将代理商视为战略合作伙伴,兄弟中国制定了合理的价值体系的模式,在时间的考验下成为了值得其他区域及同行借鉴的"中国经验"。Brother集团在《全球宪章》中提出以顾客第一为宗旨的"At your side."(在你身边),不只关乎用户,也包括代理商这些合作伙伴。《全球宪章》提出,为了迅速向顾客提供优良价值,集团始终与商业合作伙伴进行公平公正的交易,努力建立相互间的信赖关系,实现共同成长。

在这种共同成长、长期主义思维的实践中,大量省级代理商和创始团队的老兵一样,自2005年兄弟中国创办之初就以紧密的关系一路走到了现在。

在2005年的成立仪式上,兄弟中国当即宣布了"在中国诞生,伴中国成长"的战略,也亮明了与代理商共赢的态度和决心。

一个直观的例子是,受到2008年金融危机的影响,代理商的销售普遍遇到困难、库存加大。和其他品牌方不同,兄弟中国会用实际行动为代理商分担压力。一方面,在此前待遇不变的情况下,给予他们消化库存的时间;另一方面,提供实实在在的资金和人力支持,与他们共同开拓新的渠道,尽全力助其度过危机,携手清除前路的障碍。

为了帮助企业持续成长,在兄弟独创的省级代理商模式基础上,尹炳新在2011年颇具前瞻性地提出了开拓四六级市场,鼓励代理商们加大力度开拓区县、乡镇等下沉市场,同时建立了覆盖全国的经销商与维修服务网络。

2013年,他再次强调"执行力",引导代理商们重拾从零开始的创业心态、干劲,并在2015年提出"二次创业",开创了由他亲自"坐诊"的"企业诊断"方式,在不同时期为代理商的经营发展指明了方向,打开了新的思路,也给予了针对每家企业现状的个性化辅导与帮助。

但凡去到一座有代理商驻扎的城市,尹炳新都会想办法抽出时间亲自走访。走访期间,他更多关注的是代理商的发展,试图通过企业诊断,来帮助他们完善团队建设,提升管理水平,打造企业文化,"企业发展了,业绩自然会好"。

这种与代理商一对一、面对面交流的方式,在五六年前被升级固定为了"企业诊断"。之所以要专门设立企业诊断的方式,尹炳新说,此前也会和代理商分享,学习了EMBA课程后自己有了更系统的思考,也有了更大的能量与公司内部以及代理商团队分享,帮助他们结合自身实践内化成自己的成长动力。

每一年,尹炳新面向代理商开展企业诊断有十多次。在交流中,尹炳新最常分享的是如何导入现代化的管理手段，如何完善公司的人员结构，如何留住优秀的人才。为了提升企业诊断的效果，他还会给即将接受诊断的企业布置"预习"的任务，列出与企业文化、商业模式、组织架构、人力资源、薪酬制度、人才培养等相关的问题，请他们提前做功课，再在见面当场有针对性地交流具体的困惑。

在长期深入与企业打交道的过程中，尹炳新精准看到了民企在发展中的短板，"容易忽视企业文化"，而这也是走过百年的跨国企业能够赋予中国中小微民企的能量。如何进行企业现代化变革，组织、流程、制度、文化，缺一不可，"光有制度还不够，要有流程保障，还要有企业文化去做长期的支撑"。

这样独具优势的合作模式和文化渗透，让大量的代理商从原本相对粗放式管理的中小企业成长为了如今注重精细化管理、更具韧性的现代化管理企业，也让他们坚信，与兄弟中国的合作会一直延续，越走越远，也越来越紧密。

2024年初兄弟中国战略合作伙伴年会合影

赵卫明：如此支持代理商，兄弟是独此一家

自2005年就成为了兄弟华北区代理商的北京易禾点击网络商务有限公司负责人赵卫明，有着尹炳新看重的特质——活跃、勇敢、眼光长远。

代理了多年其他国际品牌打印机的他们，从2004年开始拓展新的品牌，也把目光瞄准了刚推出市场的兄弟，"这样我们能做的空间足够大，也能体现我们的推广能力"。对于新品牌的接纳程度，让他们第一时间签下了兄弟在北京的独家总代。

2015年的赵卫明（左）与尹炳新

然而，能一直合作20年之久，是赵卫明起初不曾想到的。

"一开始以为就合作两三年，但兄弟中国的经营理念，对经销商是和对员工一样的，都是一家人。"在赵卫明的感受里，作为国际化的品牌，这样支持代理商，兄弟独此一家，也是奇迹。这让他觉得，双方的目标高度一致，都是为用户做好服务，陪伴在用户身边。回过头看20多年的合作，他对兄弟"At your side."的文化有了深刻的理解，也在日常的下级经销商管理中，不自觉地传递了影响。

目前，在赵卫明代理的业务里，兄弟品牌占了80%以上。其中，所有代理的品牌中，只有兄弟是不断强化的。在与兄弟开放的合作氛围中，他们也逐渐发展出了自己的产品。

在赵卫明看来，打印机技术当前已经成熟，而兄弟品牌更大的优势还是在于价值观。当兄弟的代理商在销售产品时，赢得的不仅是稳

定的利润,还同时收获了价值观。这种重视文化渗透、润物细无声的方式,让兄弟的代理商体系尤为稳定,"大家在危机时不会当墙头草,反而会增加对兄弟的信任",这种能让彼此的关系在并不平坦的道路中越来越紧密和稳定的能量,就源自"由尹总定义的兄弟中国的顶层逻辑"。

他以疫情后第一年的遭遇为例说,疫情后大家误判了经济形势,各个厂商的库存爆仓,价格体系崩盘,行业陷入了恶性的内卷,各个品牌的经销商苦不堪言。兄弟中国的经销商们也是其中之一。不过和其他品牌不同,兄弟中国快速进行了货物调整,通过对整套价格体系的韧性掌控,渠道商们从当年10月开始就又重新回归了盈利周期。

随着大数据时代的到来,赵卫明也在主动思考技术带来的变革,而如何把人工智能技术引入到公司的运营和变革中,兄弟中国始终是这些本土中小型民企战略转型的重要支撑。在日常生意中,兄弟中国为企业的转型提供了稳定的现金流和利润;而在一对一的企业诊断和日常的交流学习中,他们也收获了来自兄弟中国高层的经验和智慧——成长的背后始终站着一家百年跨国企业为其未来发展出谋划策。

在企业诊断中尹炳新说过的"金句",赵卫明随时都能复述:

"人管人管死人,企业文化管灵魂。"

"做业务,没有人绝对不行。在做业务推广期,首先必须找到人,建立合适的团队,才可能把业务推广出去,稳定住。"

"任何时候,必须要看现在我们做的是渠道生意,要不断细化细化再细化,才能不断拓展出新的商机。把根扎得深,才能长得高。"

就在最近的一次企业诊断中,尹炳新与赵卫明分享了关于新商业模式的理解,提出如今所有的现代化企业都在为数字化时代做准备,最先进的管理模式不是企业的规模越大越好,管得越多越好,而是要往公司平台化、部门公司化、员工创客化的方向演变。这种精辟的总结对赵卫明而言是醍醐灌顶式的,也是兄弟这家百年跨国品牌及其与中国市场共同孕育的企业家,持续带给当地民营企业的启发和指引。

孟宪洲:把"兄弟中国地区总代"的身份视为荣耀

孟宪洲(左一)与尹炳新(左二)

兄弟中国的代理业务分为两条线,一条是OA线,通俗说是带有传真功能的产品线,另一条是IT线,为打印机领域。随着传真机的用途逐渐减弱,OA线保留的同时,也与同区域另一条线的总代在代理的产品型号上有所差异,以确保代理的独特性,避免不必要的内卷或内耗。

同样位于北京的万华京港技贸有限公司负责人孟宪洲,也是最早一批和兄弟中国签约的区域总代,负责北京和天津地区的市场,几年后又扩展到了河南省,代理的产品从最初的传真机到后来的多功能一体机、标签机等众多的产品。

与兄弟中国签约的日子,他记得很清楚:2004年11月8日。在与兄弟中国签约前,从1992年就开始销售传真机的孟宪洲就已经接触到了Brother品牌的传真机,他用"震撼"二字来形容过去30年所见证的Brother产品的变化。1996年Brother传真机以纯进口的形式进入中国,当时从各方面来说都比不上更早来到中国市场的顶流品牌,但等到2005年Brother的新产品大规模推向市场,不管是产品的外观还是性价比都让人震撼。随后的几年里,Brother产品的市场占有率飞速发展,迅速占领了很大一部分的市场。

这样的变化,也体现在看似不可能的任务里:2004年底他与兄弟中国签约成为省代后,当时的合同定下了每个月销售2 000台的目标。对比1996年刚开始在北京销售进口的Brother产品,当时的728型号产品一个月在北京差不多卖200台。几近10倍的差异,让他顿感"要完成这个任务是不可想象的"。没想到,他们在第一个月就卖出了1 788台,首月就基本完成了任务。

孟宪洲认为,Brother品牌之所以能后来居上,在于过硬的专业技术水平,也在于与时俱进的产品更新能力,但起到决定性作用的还是贯彻始终的经营理念与价值观。

做兄弟中国的省级代理没有任何的排他性。在兄弟中国成立前,孟宪洲代理的其他品牌占比很高。经过了20来年的发展,其产品的销量持续攀升,也让比重不断增加。他提出,过去在传真机行业的代理是没有区域控制的,"全国漂",也没有价格体系,就看谁跑得快。在他们做了Brother品牌的代理后,才感受到了巨大的不同——兄弟中国不仅有省级代理制,还有价格体系,能够确保经销商的利润。

如今的孟宪洲,把"兄弟中国地区总代"的身份视为一种荣耀。做过多家品牌代理业务的他这样解释内心的荣耀感：代理其他的国际品牌，因为他们在中国设有全国总代，那么自己只是分销商。一旦完不成销售目标或者经营出现了困难，他们往往会迅速再找一家。而兄弟中国采用了省级总代，精简了代理商体系，将利润留给了下游，同时作为兄弟品牌的省级总代，当公司出现困难时，兄弟中国的做法是直接参与，帮助其解决具体的问题。

因为培育周期和成本等原因，中小微企业普遍面临人才培养和人才流失等痛点。在开拓标签机等新业务线的起步期，培养新人带给孟宪洲的挑战尤其棘手。对此，兄弟中国给出了针对性的支持。标签机是一种专业的打印标签的设备，其专业性对使用者提出了一定的专业知识和技能要求。为此，在鼓励代理公司招聘新人的同时，兄弟中国会在专员培养方面给予相应的专业培训和认证，以鼓励总代的团队提高专业性和专注度。

和兄弟中国一样，在全球经济的变动中，代理商们也不可避免地会经历市场波折，第一个低谷也是在金融危机爆发的2008年。除此之外，还有亚洲金融危机、欧债危机、地缘政治冲突升级等多重挑战叠加的2015年。最近的一次则是新冠疫情下的供应链、物流受阻，也深刻影响了经济的发展与市场需求。

在代理商遭遇高库存的时期，兄弟中国都会通过全国范围内货量调整的方式，帮助他们消化了库存，"一般厂家会设定严格的销售目标，一旦经销商出现了高库存，更常见的做法是转头找其他人，而兄弟中国不一样，是宁愿接受短期销量的损失，也要帮助合作伙伴渡过难关"。

作为兄弟中国在河南省的代理，他在2019年河南遭遇的特大洪涝灾害中也遭受了惨重损失。当时洪水淹没了他的仓库，毁损了放在仓库中的货物。而兄弟中国的做法,是第一时间给予资金支持,帮助其渡过了难关。

"'At your side.'不只是口号或理念,这是我们跟兄弟中国那么多年最深刻的感受。"孟宪洲反复感叹。

在其他品牌逐渐萎缩的大背景下,他们公司的Brother品牌销量呈现出逐年稳步增长的态势。

在业务壮大的同时,孟宪洲作为企业负责人的理念及团队管理的能力也获得了明显的提升。

由于尹炳新几乎每个月都会去一次北京,这让他享受到了高频的企业诊断。每次与代理商面对面交流,尹炳新问的多是公司近期的发展变化和遇到的具体问题,"给人的感觉就是我们不是代理商,而是兄弟公司的一员"。在这种高度的关注和持续的"跟踪"下,他们也会将更多的精力和注意力放在问题解决上,进而逐渐养成了自主的习惯。

到目前为止,孟宪洲接受过的"企业诊断"超过20次。回忆起四六级市场开发的起源,他的印象里当时企业在经营上并没有遇到多大的困难,"兄弟公司的产品卖得顺风顺水时,就开始提醒我们要做四六级开发了"。他坦言,企业当时要自发去做的动力是不足的,前期必定是费人费时费钱的,但在尹炳新的引导和督促下,他们还是努力去做了。没想到后来市场发生了变化,需求收缩、挑战加剧,而提前的开发布局起到了良好的效果,让他们在产品竞争激烈和市场波折的时期稳住了市场,甚至提升了份额。

他深切感受到了这种想在前面、走在前面的重要性,"要未雨绸缪,而不是等危机来了再临时去做"。他觉得,尹炳新的前瞻性,至少比市场上普遍的认知提前了三年。

除了带动老板们想在前面、走在前面,尹炳新还会与代理商探索企业文化的构建。

"过去我们这样的小企业叫团伙,后来在兄弟中国潜移默化的影响下,才有了团队的概念,明确了企业的价值观和经营理念,逐步增强了团队运营的能力。"孟宪洲说,近朱者赤,自己的成长是日积月累的,也是相当显著的。在公司的人员结构上,依托于Brother品牌的壮大发展,整个团队也相对稳定,公司在当地的影响力、市场拓展能力等多个方面都很快优于同一梯队的贸易企业。

"在打印机代理这个行业,被兄弟选择是一种幸运,跟着兄弟走,就更幸运了。"他的这种感受是行业内的共识,兄弟中国既是上家,又是伙伴,而他们明明是乙方,却被当成了名副其实的合作伙伴。跟着兄弟中国走过了20年的他们,希望在自我的成长中,迈着坚定的步伐延续这份幸运。

陶逸民:代理兄弟没有内卷,有的是利润和文化的分享

作为华东和华中地区六省一市IT产品的代理商,上海的中纺美缘在2006年与兄弟中国"结下美缘"。

"第二年我们和兄弟品牌接触了之后,觉得双方的理念很匹配。当时负责接洽的我们公司的董事长就认为,兄弟这个品牌将是我们这个细分行业里唯一一个或者最后一个能在中国快速发展成长的机会。"上海中纺美缘影像有限公司总经理陶逸民本人是在2007年开始接手操盘兄弟中国的业务。他觉得,时间和事实证明,董事长当时的判断是对的,虽然同期也有不少外资品牌在耕耘,但兄弟成为了过去20年里少数

陶逸民在兄弟中国战略合作伙伴年会现场

在中国市场取得良好销售业绩、成功抢占市场份额的跨国品牌。

让他们作出如此判断的主要原因,正是兄弟中国从始至终采取的省代销售模式。"当初我们代理的国际品牌都是国代的模式,由国代分给地方经销商,这让地方的核心利益得不到保障,天天就是通过打价格战去获取客户。"对于价格战,陶逸民是有体会的,而兄弟中国独创的省代模式让他们眼前一亮——这种模式能让经销商更贴近客户,同时又能让合作伙伴获得更大的利益,你付出多少就能收获多少。对于恶性的价格竞争和市场干扰,兄弟中国也搭建好了防护墙,不会让经销商陷入内耗,可以全身心地投入产品推广。

也因为这种模式,安下心的陶逸民他们专门为兄弟品牌成立了销售团队,也开启了用心维系、开拓市场的时代。用了不过十年的时间,兄弟品牌的销售额增长了三倍,占到公司整体营业额的近八成。

2013年前后,受到国内电商发展的冲击,陶逸民关掉了实体门店,将更多重心放在了兄弟品牌的渠道建立和市场开拓上。也就在这一年,他们稳稳跨过了1亿元的台阶。此时正是多数企业深受金融危机影响的低谷期。

逆势而上的动力,他归功于兄弟中国对市场的及时调整,"兄弟的管理层和销售团队都是中国人,他们更加了解中国的实际情况。在厂家销售战略和产品战略上,调整得很好。同时他们也经常跟我们沟通信息,每个月几乎都会和兄弟的领导交流。作为跨国企业,他们的眼界开阔,给予我们的辅助很大"。

让陶逸民颇为感慨的是,和多数品牌只追求销量不同,兄弟中国会在销售节奏上对库存合理性进行把控,"如果市场不好,他们会点下刹车,给我们这些代理商和经销商降低一些库存和压力"。作为跨国企业,兄弟中国团队本身的压力不可能小。而在踩油门的同时,懂得"踩刹车",无疑是更大的智慧。而这种方式,给了这些代理商一定的缓冲和更大的信心。

在互联网高歌猛进的时期,尹炳新早早提出的开拓四六级市场和"二次创业"理念,也让陶逸民他们更好地扛住了近年来的压力。

"早在十几年前他们就开始强调,要跨出现有的销售模式,往县市下沉,做更多的客户链接。"正因为听从了兄弟中国的建议,陶逸民及团队努力下沉到县市,更多支持下级代理商进行电商转型等,在开发市场的同时也稳住了团队,守住了利益。

优秀的企业家不少,但懂得分享的并不多。和其他品牌完全不同的一点,是兄弟中国的高层愿意把信息及智慧分享给陶逸民他们这样的代理商高管,启发本土中小企业的成长。陶逸民接受过多次尹炳新的企业诊断,还参加过兄弟中国面向管理层的教练式培训。他觉得,这些经历不仅让他及时看到了自身的薄弱点,也有了弥补和完善的能量。

最早将"乌卡时代"的概念与代理商分享的也是尹炳新。"我们这些经营者并不能看到那么远,但一些不确定因素,让我们有了危机感,而他是第一个给我们提出乌卡时代概念的,所以当挑战来临时,我们已经有心理准备了,也在持续沉下去开拓四六级市场。"

常常被尹炳新提及并与员工和代理商分享的"乌卡"(VUCA),由volatile(易变)、uncertain(不确定)、complex(复杂)、ambiguous(模糊)的首字母组成,而乌卡时代则指人们正处于一个易变、不确定、复杂且模糊的世界里。

在尹炳新的引导下,面对经济波动,陶逸民越来越理解周期性的变化,也能够更淡定地应对冲击,并像兄弟一样开始在逆境中修炼内功。他觉得,正是这样出色的前瞻性和敏锐度,加上开放的共享精神,让尹炳新成为了受人敬重的领导者,也让兄弟中国有着其他品牌无法比拟的魅力。

随着中国自主技术与创新产品国产化的推进,国际技术与品牌所处的竞争环境发生了变化,面临的压力也逐步攀升。而兄弟品牌凭借其中国团队的本土化深耕,拥获了强大的韧性,这为代理商们缓解了压力,也稳住了市场。"兄弟品牌在中国市场的根扎得比很多品牌都要深,这让我们的生命力也显现了出来。"陶逸民认为,中国品牌地位的提升,受益于兄弟这样的跨国企业引入的先进技术和管理理念,也形成了更加充分和良性的竞争。而Brother集团因其制造、研发和后期服务均设在中国的布局,让这个国际品牌生出了中国的根,也有着不易撼动的支撑。

本身的志同道合,再加上兄弟中国价值观的长期浸润,陶逸民他们的未来,"还是要跟着兄弟一起成长"。一方面,准备在薄弱的区域增加销售人才,以补齐短板,"兄弟品牌始终是我们打印机里的核心品牌";另一方面,组建新的团队,围绕新技术的应用与兄弟在中国的研发及制造团队携手共同挖掘需求、开拓市场。

在市场的激烈竞争与技术变革中,稳住现有的销售渠道是守住利润的基础。而兄弟中国凭借品牌背后的领先技术实力以及本土化的全方位服务,不仅仅帮助他们稳住了现有的渠道,也在变革大潮中为这些战略伙伴们打开新的局面注入了动力。

刘涛:兄弟中国是真正遵循商业的本质做事

刘涛(右)与尹炳新

作为兄弟中国在山西地区的代理商,山西艾替数码科技股份有限公司负责人刘涛把兄弟视为"贵人"——在公司比较迷茫的时期出现,引领着他们走上了快速发展的道路。

2006年的一次机缘巧合，让他与兄弟中国的王剑波结识。此前公司作为二级代理商曾陆陆续续销售过兄弟的产品，因此对兄弟品牌已有初步的了解。在接到对方抛出成为省代的橄榄枝后，他与那些同兄弟展开了合作的代理商们进行了深度沟通，最后认定这是一个难得的好机会，于是拨通了王剑波的电话，"我们决定要做，就一直携手做到了现在"。

刘涛把兄弟的最大魅力归结为"真正遵循商业的本质做事"。从2007年至今，在代理兄弟的近20年里，他主动做了选择——把兄弟作为最主要的考虑，逐渐放弃其他品牌的业务。

选择的动力在于兄弟对各级经销商的关注和关怀，让他们获得了前所未有的感受，"兄弟会照顾到不同层级的经销商的利益和诉求，制定并落实合理的价格保护机制"，从而确保经销商通过健康的市场行为来获得实实在在的利润。

这种模式带给企业的不仅是销量和利润，还有企业自身的转型成长。两者也是高度关联，相互支撑的——有了稳定的利润，企业才有持续投入自身成长的资金动力，而随着企业的转型升级，市场的盘子才能越做越大，利润也能越做越稳。

坚持了这么多年，他始终心怀感恩。在市场的起起伏伏中，大量不可预测的危机横亘在前，从美国次贷危机到亚洲金融危机，再到疫情，他们经历过低谷，也遭受过亏损。但在兄弟中国的带领和扶持下，他们以金牌代理（省代）的身份在当地构建起了银牌体系（二级市场）和铜牌体系（四六级市场），即在区域内打造出了更加完善和具有韧性的经销商体系，也因此渡过了一次次的难关，并练就了转危为机的能力。

关于尹炳新提出的开发四六级市场的方向性建议，刘涛始终是坚定的践行者。"开发四六级，就是要建立新的金字塔体系。"在兄弟中国大方向的引导和政策的支持下，有着较强紧迫感的他主动思考着具体的操作路径。他试图结合山西当地的特色把渠道做得更宽、更广，除了开发各地区的四六级经销商，还着手拜访当地的大客户，"比如各地的平台、系统集成商、信息办以及大企业，都需要我们逐一突破，通过合作来获得订单"。

他举例说，山西主要的大型煤矿公司长期采购兄弟的高端机器，这也意味着当地的煤矿企业以及前面提及的几大切入口都是成功开发四六级的关键。就在2024年下半年，山西一家县级医院一口气采购了100多台兄弟的打印机，这归功于多年来四六级市场开发的沉淀，"我们在各地市与集成商和平台建立了新的合作伙伴关系，共同拿下了订单"。

和以往到电脑城或各家店面寻找经销商合作的模式不同，刘涛深知如今的思路必须转变，要通过企业大客户、平台和系统集成商去触达市场，这也要求自身在硬件设备之外，需要具备更加完善的服务和提供解决方案的能力。

为此，他扩充了销售团队，并和员工们一起，用车载着兄弟的机器，奔波在各县区的一线，一家家走访、演示、介绍，也将兄弟中国的大方向实实在在地落到了下沉市场，"我亲自去跑市场和员工跟我汇报是两码事，我去了现场就能直接解决问题"。

尹炳新反复提及的四六级市场开发和"二次创业"，不仅伴随着切实可行的激励机制和扶持政策，让代理商们真正迈开了腿，而且将精细化管理、回归商业本质的价值观深深嵌入这些合作伙伴的脑海里。

2023年疫情刚结束,刘涛立即在全山西省的各级市场展开了实地走访,"我和业务员说,我们要做的事情很简单,就是去地市检查工作,把所有资料一项项抽查,按照兄弟中国的要求精耕细作"。

在精心耕耘市场的同时,代理兄弟的品牌从来不是排他性的存在。相反,秉持着开放和包容理念的兄弟中国,会从长远发展的角度鼓励代理商尝试更多的可能,甚至给出扩大经营范围的市场指导和建议,"1+1的效果是大于2的"。

在兄弟品牌销量不减少、耗材占比稳定的情况下,刘涛他们迈开了两条腿,不断尝试探索。2020年,在兄弟中国的引导下,他们和兄弟的供应链伙伴,一家天津制造企业展开了合作,并延伸了服务业务,实现了营业规模翻数倍的增长。"兄弟中国给我们带来了很多有形无形的帮助。"在这种由兄弟引领的开放生态中,他深切感受到了供应链间的紧密关联,"在把天津企业的产品带出去的同时,我们也在间接输出兄弟的核心产品与技术"。

面对全球经济前所未有的挑战,刘涛他们对于代理兄弟品牌的信心仍然是充足的。"我们每年代理兄弟的绝对值还在增加。"信心的背后,是日复一日在每个细节中积累的信任和温度。

"每年我们都开山西经销商大会,大大小小的规模很多次,兄弟的员工会陪着我们和下面的经销商互动、建立关系,即使是小型推广会也会亲临现场提供支持。"他说,未来不管面临多大的挑战,都坚信兄弟会与他们站在一起,这也是他们与之步调一致的信念所在。

众多代理商在过去20年里对兄弟品牌始终情有独钟,愿意投入大量的时间与精力去开拓市场、服务客户,这不仅仅是因为兄弟品牌所具有的品质和口碑,更是源于其背后所蕴含的深厚企业文化与价值理念。

开放且持续创新的特质,为代理商们提供了广阔的发展空间,也促使兄弟品牌在激烈的市场竞争中不断超越,携手战略合作伙伴实现共赢。

郭重功:库存压力下的"特殊待遇"

2020年初郭重功(右)将兄弟中国捐助的打印输出设备运至医疗前线

河南华星电子有限公司创办人郭重功是兄弟中国在河南省的代理商。从2004年就成为兄弟一员的他们,合作的开端并不算顺利。

兄弟作为后来进入中国的品牌,起初作为新品试销,销量尚佳,但却因为产品与本土市场的适配性原因,出现了质量问题。"我们那时候年轻气盛,就提出不干了。"郭重功回忆道,当时尹炳新提出,"给我一个月的时间,把这批产品都换成新的,如果还出问题再决定"。

一个月后,承诺落地,兄弟的产品根据当地特点进行了快速的更新调整,之后也没有再出现过质量问题。郭重功与兄弟的合作由此延续至今,不仅在高峰时占据公司总营收的六成份额,也成为了他们利润最好的品牌。

"任何品牌进入中国市场都容易水土不服,产品也需要适应的时间。兄弟在一个月内就做到了。"开头的这段小插曲,让郭重功感受到了兄弟中国"以顾客至上"的诚意。

经过了数年的高速增长后,2011年,在市场尚未出现明显收缩趋势时,尹炳新前瞻性地提出了开发四六级市场的理念,鼓励代理商们将触角下沉到更深更远的市场。提出理念之余,兄弟中国也制定了针对性的扶持政策,给予了四六级经销商友好的账期制度。

基于对尹炳新的高度信任,郭重功迅速接纳了这一理念,并成为了积极的践行者。

与兄弟中国合作之前,他们就已在河南当地深耕多年并积累了一定的市场资源。用他的话来说,基本上覆盖到了三四级市场。从2012年下半年开始,郭重功带着公司所有销售人员深入乡镇,分为四组,把县级区域跑了个遍,"我们开着车,这个地方跑完,晚上就住下,第二天继续跑下一个地方,出差一周后,下周继续这样跑"。

亲自上阵的郭重功也同样开着车,拉上样机,不厌其烦地向乡镇的经销商们演示,"但凡演示过、介绍过,就没有失败的,因为兄弟的产品性价比高,价格体系稳定,对经销商来说,销售就是利润"。

密集出差了半年多后,他们走遍了几乎所有河南省的区县,"差不多200个县区,300多家经销商,我们90%都开发了"。

2013年春天,兄弟中国投入人力和资金,帮助郭重功在河南召开了一场区域级的经销商大会,以更直接的产品宣介和政策沟通来助其夯实四六级市场。

"根据通知的情况,我们预计会有200人左右到场,没想到当天来了300来人,远远超出了预期。"郭重功说,当时大会的走廊里都临时摆上了桌椅,场面之热出乎意料。凭借兄弟的良好口碑,各地的经销商都主动带了更多的资源来到了现场,也迅速壮大了兄弟在河南的代理体系。

集体大会结束后,参会者还进行了分组讨论,具体制定各自后续的营销策略。"那次来的人,之后都开始经销兄弟的产品了,做得还挺带劲的,有的后来还发展成为了兄弟的核心合作伙伴。"

也就在那年大会后,郭重功代理的兄弟业务实现了新的突破,也在欧债危机带给中国经济波动的挑战中实现了逆势高增长,"那几年是20%、30%、50%这样递增的"。

因为铺货铺得广、速度快,2015年,市场需求急转直下,这让他们的资金压力陡然上升,"市场购买力下降,我们一下子有了大量的库存"。

为了支援代理商开发四六级市场,尹炳新在注意到郭重功的难处后,主动做出了给予其特殊信贷方面的支持。"我都不好意思开口,但他得知后就马上给我延长了半个月的还款周期。"这种细节,让郭重功感受到了兄弟中国与之并肩作战的温度。

疫情放开后的第一年,市场需求下降,出现了抛货以抢占份额的乱象,这让不少品牌的经销商都遭受了普遍的亏损。郭重功认为,兄弟中国长期推行的稳定、科学的价格体系,一定程度上帮助他们抵住了压力,得以存活。

在郭重功的眼里,尹炳新是一位有情怀、有亲和力的人,在代理商们遇到问题时,总会及时与之沟通和交流,帮助他们实现了持续的成长。一家品牌如此级别的负责人,能够亲力亲为地为他们排忧解难,并通过每年至少一次的企业诊断来为其长远的发展分享真知灼见,是极为罕见的。

让他受益颇深的,还有尹炳新对于人事管理以及企业文化的重视。这也帮助他们从几人一路壮大发展至如今的数百人。

作为年龄相仿的创业者,郭重功近年来也迎来了交棒的时代。由于二代并不感兴趣,除了女儿负责管理公司的线上销售业务之外,他选择将接力棒交给跟着自己一路成长起来的职业团队,并以股权激励的方式与之共享利润。关于代际传承,他也和尹炳新有过深入交流,"他说有些事情可以传承,有些也可以改变,很支持我的选择"。

受到尹炳新和兄弟中国企业文化的影响,即使已经卸任,郭重功仍然会每个月举行五六次会议,与下级经销商们开会,讨论市场如何变化,以及最需要在哪些型号、服务体验及解决方案上进行改进,从而保持兄弟品牌与四六级市场沟通的顺畅。

和开发四六级市场一样,郭重功如今还在积极践行尹炳新提出的"二次创业"理念,每月在公司内部举行座谈会,探讨销售模式的转变,以适应市场的变化。

孙江辉:跟着兄弟走,不会有错,也不会吃亏

湖南金悦科技发展有限公司总经理孙江辉属于后来者。从2010年正式成为兄弟在湖南省OA线代理商的他们,此前也销售过兄弟的产品。身份转变后,与兄弟中国更加直接和频繁的接触,让他强烈感受到了兄弟的势能和独特之处。

"兄弟中国对于市场的把握非常精准,总能根据市场变化进行快速调整,对代理商的扶持也和其他品牌非常不同。"他举例说,2015年是市场状况急转直下的一年,不少代理商的库存都相当高,"基本上都积压

着4—5个月的库存,其他厂商还在按计划出货,只有兄弟让我们停止进货,把压力自己扛着,也让我们这些代理商把库存降了下来"。

在代理兄弟品牌之前,他们已拥有不小的销售规模,也代理过不少国际品牌。孙江辉说,在所有代理的品牌里,兄弟的业务量并非最大,但他们对于兄弟的忠诚度却是最高的,也是最愿意倾注精力的。

孙江辉在兄弟中国战略合作伙伴年会现场

作为业内较晚进入中国的外资品牌,兄弟品牌属于推广型产品,需要代理商在销售过程中耗费更多的功夫,"要跑得更勤快,还要和客户不停地做工作、进行推广。一开始会比其他品牌更难,也更需要花精力"。即便如此,兄弟却成为了他们第一个主推的品牌。

这种忠诚度和黏性,孙江辉归结为三点。除了兄弟中国的代理商政策能够及时根据市场状况进行快速调整,还因为兄弟产品的品质可靠、利润有保障。更凝聚人心的,是尹炳新的人格魅力,"他有着领袖的气质,又同时非常接地气,有着很强的亲和力。经常会过来和我们聊天,帮我们出主意,也听得进我们的建议"。

他觉得,尹炳新身上所散发出的那种感染力,很难用语言进行简单描述。这种感染力让他们内心笃定地相信,跟着他走不会有错,也不会吃亏。

在与兄弟同行的十多年里,孙江辉坦言,公司经历的波折和坎坷并不少,也曾有过压力巨大的时期,但基于对兄弟中国和尹炳新的充分信任,他选择坚定地走下去,"遇到问题时,有兄弟在后面支持,就没什么好怕的"。

2015年经济形势严峻,他们的公司库存高,"快坚持不下去了,公司的资金也出了点问题"。当时兄弟中国负责销售的张燕专程前来帮助解决具体的问题,这种由高层直接出面,及时解决代理商实际困难的做法,在所有国际品牌中都实属罕见,有效帮助他们缓解了库存和资金压力。

疫情期间,相关管控措施导致货物流动受限,代理商们也遭受到了销售困难,"兄弟中国迅速了解我们的真实困境,通过各种方式帮我们努力克服难处"。

对于尹炳新提出的四六级市场开发,孙江辉也在第一时间投入了实践。利用两三年的时间,他们基本覆盖了当地的四六级市场。他清楚,这并非一蹴而就的事,而是需要持续投入时间、不断精进的事业,"这不是一天两天的事,必须建立在信任的基础上,通过加强信任度、帮助他们(四六级经销商)提升能力的方式来持续推进"。

与代理商的关系犹如一面镜子,清晰地映照出兄弟中国对待合作伙伴的态度与方式。兄弟中国的做法和企业文化,也在由这些合作伙伴不断向内、向下传递,在自身企业文化的完善和经销商体系的构建中获得正向反馈。"兄弟给我们带来了很大的影响,对待代理商和合作伙伴,要像朋友一样,不能唯利是图。"

和大部分代理商一样,孙江辉从不缺席兄弟中国的战略合作伙伴年会,"每年都去,只要兄弟的大会一定会去",不仅仅因为足够重视兄弟品牌,还因为已经成为多年老友的他们,珍惜每一次深入和坦诚交流的机会。

面对未来不确定性仍在加剧的经济形势,以及兄弟中国高管层的交接与过渡,孙江辉的想法依然坚定:公司发展面临的挑战可能会比以前任何时候都要大,但最终一定会找到解决办法,也必将是与兄弟中国一起探索创新的旅程。

夏荣:坚定只做兄弟,与员工分享利润

夏荣(左)与尹炳新

在2007年大学毕业后,如今的南昌泰荣电子科技有限公司(下称"泰荣电子")总经理夏荣就进入了兄弟中国的省级代理商浙江综讯数码产品有限公司(下称"综讯数码"),负责兄弟产品在江西地区的销售。但他真正独立出来,成立泰荣电子,并接下兄弟中国在江西的代理权,却是在7年之后。

这个关于分离和独立的故事背后,正是尹炳新力主创造的契机。

当时因为企业运营和区域市场等综合原因,综讯数码萌生了退出江西市场的想法,而尹炳新鼓励其继续尝试,并提出了可行方案,即从综讯公司选出一人,成立新的公司来负责江西的代理业务。综讯数码为最大股东,而具体事务全权交由新的公司独立运营,以最大化地发挥团队的积极性和主动性。

作为综讯数码的创始人,项剑强也展现出了浙江民营企业家的气度,不仅爽快同意了自家员工独立的方案,而且还以占股但不分享利润的方式对其提供了支持。

2014年,不到30岁的夏荣怀着对于兄弟中国的强烈信任,大胆接下了兄弟在江西省的代理任务。"那几年其实经济并不好,代理商应收账款的压力很大。但兄弟一直在给我们实实在在的扶持,我也有了很大的信心。"

作为新独立的公司,夏荣首先面对的挑战就是人手不足。在这个短板上,"兄弟中国的人亲自陪着我们下到一线去做市场推广,建设经销商体系"。这让他深切感受到了兄弟中国将其视为战略合作伙伴的文化,也迅速了解了兄弟中国的经销商制度和政策。

另一个让夏荣感触良多的,是兄弟产品价格体系的稳定,这让他们得以避开低价竞争,穿越经济周期,"这和掌舵人有很大的关系,大家明确知道稳定的规则,才会有信心坚持"。

落在实处的还有自始至终人性化、设身处地为代理商们排忧解难。"在我们的账期遇到难处时,如果和兄弟申请临时延期,是能够获得批准的。"夏荣觉得,虽然都是合作和代理关系,但在兄弟中国的生态圈里,"兄弟"的情分更浓烈,不只是业务对业务,而是朋友甚至如家人般的相处,"你有难处,他就会想办法帮你解决"。

在他看来,兄弟中国带给合作伙伴的凝聚力,是别的品牌无法比拟的。他庆幸自己在年轻的时候就遇到了兄弟。出于感恩和信任,他坚定地只做兄弟品牌代理,也收获了物质、文化和精神全方位的成长。

泰荣电子的团队从最初的7人发展至如今的20多人,人均创收近300万元,所维护的客户超过300家。

作为兄弟中国最年轻的代理商,夏荣行事果敢,巧妙地利用兄弟独特的渠道模式和价格体系,撬动了江西原先的市场格局,也迅速抢占了当地的份额。

他清楚地看到,江西的市场需要更多依托于核心大客户去开拓。在尹炳新的引导下,他和业务员一起开着车下沉到四六级市场,"带着机器一家家去介绍、培训,形成特色"。他记得,最忙碌的时候,业务员一个月有25天都在外出差。这也成为公司2016年的重点工作。此后,他们在当地的市场份额一举超过了原本的头部品牌。

短短几年时间,他在各县市搭建起了经销商体系,甚至还把兄弟某个爆款机器卖成了期货,"只要兄弟告诉我,这个月能到货多少台,我就能提前收到下级代理商的钱"。他还记得,2018年南昌一家核心经销商为了拿到兄弟的一批明星单品,一次性把账上所有的钱——近百万打给了他,囤下了数百台机器,"当时拿到兄弟的货,就意味着5—8个点的利润保障"。

在危机尚未来临前,就懂得居安思危,坚持精耕细作,这是夏荣在与兄弟中国的合作中习得的。疫情后,他们重启了四六级市场开发的工作,重新稳固县级的经销商体系,"疫情后很多人都转型了,我们需要重新梳理代理商体系,同时继续深耕下沉市场"。

另一个让他受益匪浅的，是懂得分享。在尹炳新为他做的"企业诊断"中，将员工当作不可或缺的财富，利用合理的激励机制去留住人才，是令他的思维改变最大的一点。原本性情豪放的夏荣，就是乐于分享的，但如何让这种分享形成机制，却是他此前不曾想透的，是尹炳新为他带来了坚定的信心。

每次见面，尹炳新也会主动问他：员工的分享机制落实了吗？

他说，自己一直致力于推动的，就是让员工以公司为第二个家，"这是我希望塑造的企业文化，如何让员工生活得更好，让员工走出去有自豪感，也是我现在喜欢琢磨的事"。

当然，任何时期的分享，都必须建立在公司平稳的增长和积累之上。

面对经济大环境的下行压力，夏荣表示，自己能够接受业绩下降，毕竟行情如此，但必须确保兄弟的市场份额保持稳定。与此同时，他们也在依托兄弟前期积累的客户和代理商资源，迈开两条腿：一边继续拓展以批发为主的业务；一边积极开发公司的直营客户，直接面向行业客户提供解决方案。

从医疗、教育、金融、制造等垂直市场切入，开发直营客户的思路，是兄弟在湖南的代理商孙江辉敦促他做的。"是他推着我一直往直销方面转型。"在夏荣看来，兄弟代理商之间的关系之融洽，也受益于兄弟中国引领下的分享文化，"大家都乐于分享，我作为年轻的成员，很多前辈也愿意教我做很多事"。

这种开放和分享的氛围，以尹炳新为中心，自上而下、由内向外地传递，彼此感染。这位前辈和兄弟中国的掌舵者，会亲切地喊夏荣"小胖子"，每次见面也会关心他们的真实境况，并对他们存在的疑虑或困难提出分析、给出建议,"按照他的方式去尝试,总是会有收获"。

让这位年轻人受益的,还有终身学习的心态。尹炳新通过持续阅读、攻读EMBA等行为,深刻影响着他积极报名研习班、主动学习。

夏荣想得很清楚,公司未来的转型和发展都要牢牢依托兄弟品牌的业务,争取把公司的营业规模继续做大,持续提升员工的收入。也有人劝他,要想降低风险,还是应该做多个产品或品牌的组合。但他认为,有组合产品的时间和空间,不如扎扎实实地开拓兄弟品牌的行业客户,这个细分领域的空间仍然巨大。

一直坚定做兄弟品牌的决策,与他对于兄弟中国的信心和忠诚度有关,也与他的年龄和乐观心态有关,"我还年轻,即便失败了还有机会重来。而兄弟的事业是我从2007年以来一直在做的,足够熟悉,也在最大的把控范围内,调整起来可以很快"。他觉得,公司是靠代理兄弟起家的,转型过程中的资源、经验和智慧也都来自兄弟,这个根基不可能放弃。

"做人做生意都不能忘本",这与百年兄弟"以人为本"的价值观和人情味一脉相承。它们共同构成了一种积极向上、富有责任感的企业文化,也将生发出持久的凝聚力和创新力。

伍红:业务规模再大,都要向兄弟学

广州市置安数码科技有限公司(下称"置安公司")成为兄弟中国在广东、广西、海南三地的IT线代理商,缘于上海中纺美缘的引荐。当时兄弟中国在广州的区域代理退出,需要找一家新的补位,经由推荐,正好也想开拓其他新品牌的他们把握住了机会。

从24年前就开始成为其他国际品牌在全国总代的置安公司,自身

伍红（第一排右五）与尹炳新

的业务规模一点都不小，在2006年刚成为区域总代时就已达到了12亿，至今也位列兄弟中国省级代理商的第一梯队。

由于资金实力较为雄厚，置安公司面对经济波动时较少遇到资金周转等方面的难题，也甚少出现"抛货"这样的无奈之举。然而，作为置安公司副总经理，负责兄弟中国业务的伍红却认为，规模再大的企业，都要向兄弟中国学习，也总是可以从尹炳新这样的企业家身上获得新的感悟。

"和兄弟几乎同时期进入中国的还有不少国际品牌，但只有兄弟品牌走到了现在。"伍红觉得，成功并不是偶然的。作为后来者，兄弟中国的成长一点都不容易。

和已经进入中国几十年的友商品牌相比，兄弟当时在办公领域极度缺乏品牌知名度，"那些先来的国际品牌已经拥有了品牌的吸引力，再加上是国家总代的大分销模式，靠覆盖面和渠道就可以实现大量销售。但兄弟的产品不行，需要销售员到电脑城，带着机器一家家地跑，把产品介绍给顾客，才可能卖得动"。

对已将另一家国际品牌的全国代理做到了全球最大规模的置安而言，兄弟品牌的从零起步，落差是巨大的。但兄弟中国独特的价值观，让经验丰富的伍红有了不同于以往的全新感受，"跟兄弟打交道是另一种感觉，确实把我们当成战略合作伙伴和家人，而不只是代理，一开始的销量再小也愿意一起做"。良好的氛围，激起了他们浓厚的兴趣，也让他们与之携手走到了现在。

更让伍红受益的，是兄弟中国将代理链条缩短、亲自下场经营代理资源的全国独创的省级代理模式。这改变了他们原本在代理大品牌时的粗放思路，也推动了他们在更广业务领域的提升，"要对渠道销售的管理做得更细"。

伍红也精准看到了兄弟品牌的差异化定位，"兄弟在激光一体机（集打印、复印、扫描等功能于一体）的细分领域具有优势，更适合在城市的小微企业办公场景推广"。为此，他们瞄准一线城市的小微企业以及二三线城市的企业级用户展开了销售，结合兄弟产品针对中国商用市场开发的功能和设置，迅速打开了局面。加上兄弟品牌的激光一体机覆盖了高中低端的完整产品线，他们有了在细分市场站稳脚跟并持续成长的后劲。

正是在这样拓荒思维的探索中，伍红代理的兄弟产品实现了数十倍的增长。和其他品牌相比，代理商在兄弟产品上也收获了相对高的毛利率。

尽管如此,由于是区域代理,兄弟品牌在置安公司的销量占比并非最大。但这丝毫不影响他们对于兄弟的重视与日俱增。

每年都会接受尹炳新"企业诊断"的伍红,收获了大量对于行业和经济的前瞻性观察和对于企业发展的专业建议,"他每次都会帮我们分析公司的情况,提出希望我们作出哪些改进,在提出意见的同时也会给出帮助"。

伍红觉得,尹炳新就像是兄长,阅历的丰富和思维的高度,启发着他的思考,"最近几年他提了不少数字化转型的思路,我们基本上都采纳了"。正是在尹炳新的敦促下,他们在企业管理和经营的数字化转型上加快了速度,也落到了实处。

由于代理着多家品牌,他们也看到了中国品牌崛起的趋势。伍红认为,趋势不可逆,但兄弟品牌目前仍然具有优势,在中高端领域的研发能力保持领先,并在不断降低故障率、提高品质保障。

事实上,基于Brother集团在杭州设立了海外唯一研发中心——滨江兄弟的优势,他们还曾尝试与兄弟中国和滨江兄弟一起开发更加本土化的适配方案。

在伍红看来,兄弟品牌当前以及未来的重点仍然在高端的商用技术领域。目前国内的相关核心技术依然缺乏,而兄弟采用的激光技术和喷墨机的打印头均为自主研发,通过将这些硬件和技术在商用和工业领域进行应用深化,结合各类场景的个性化需求进行整合,将让跨国品牌保持竞争力并持续发展。

当然,这需要代理商们与兄弟品牌合作得更加紧密。

"兄弟品牌的销售已经进入比较平稳的阶段,要突破还是需要多方的共同努力。我们跟兄弟怎么更紧密地合作,在一些大的行业领域推动兄弟产品的应用,这是未来的方向。"伍红坦言,在当前的经济环境下,如果销售额下降,总体的利润额就会下降。而他们能做的,是在维持好存量的基础上,努力做大蛋糕或从其他国际品牌中抢过一部分市场。

由于兄弟的产品适合在二三线城市推广应用,他们也自觉开发起了下沉市场,并在尹炳新提出开发四六级市场后加大了力度,将触角延伸至区域内几乎所有的地级市和县级市。

关于未来与兄弟的合作,伍红有着更高的追求:在广州、北京、上海均设有分公司的他们还希望代理兄弟在全国更大区域的销售。

除了业务上的成长,伍红更多从尹炳新身上习得了企业家的宽厚和包容。"不管业务大小,他听了之后一定会帮你亲自落实。"这种真诚让他愿意为兄弟的事业投入精力。他也亲眼见证着这位兄长对待规模较小代理商的态度,"再小的代理商他都一视同仁地重视,他是那个把人心聚拢到一起的领袖,不会落下谁"。

"我们当然希望他在名誉董事长的位置上坐得越久越好,但兄弟中国的价值观是整个团队都在贯彻的,也是维系我们和兄弟关系最核心的要素。"伍红说,如果不是尹炳新,兄弟中国不可能走到今天。但也正是因为尹炳新,兄弟中国构建起一整套令人折服的稳定价值观。这让他们相信,即使交棒给了继任者,兄弟中国的管理和业务仍然是稳定向上的,也让他们对于兄弟中国的未来与合作始终抱有信心。

严振维:他起到了"定海神针"的作用

作为广东、广西、海南地区的OA线代理商,广州安桦办公设备有限公司(下称"广州安桦")总经理严振维从1998年就开始与兄弟打交道

严振维（右）与尹炳新

了。从分销日本进口的兄弟传真机，到2004年成为兄弟在华南地区的三省代理，又花了20年时间铺设深入二三级市县的经销网络，让更多的兄弟产品走进国内的办公室和家庭，他见证了兄弟在中国近30年的发展历程。

"这个过程挺漫长，兄弟方面一直在调整完善和提升。"1998年，严振维最早接触了当时Brother集团在上海办事处的市场负责人王剑波。当时兄弟产品线比较窄，品质和市场认可度不高，销售压力较大。2000年后，兄弟的传真机品种增多，性能和品质都有了很大的提升，由此吸引了一批新的经销商加入阵营，兄弟的市场份额亦在不断扩大。

"1998年上半年兄弟的传真机销量就已经位列美国市场第一了，并保持了8年的领先地位。"他认为，假以时日，兄弟产品在中国这个庞大的市场一定有领先的机会。为此，他们在兄弟产品的销售上也更加用心。

2003年，兄弟产品进入中国的步伐加快，也开始正式筹备组建新的分销架构。也就在这一年的夏天,严振维在兄弟激光打印机的新品推广会议上认识了年龄相仿的尹炳新,并作了第一次较为深入的互动和沟通,双方均对彼此留下了良好的印象。

"他们对原来的兄弟产品分销体系已经有了改动调整的想法。"严振维回忆说,当时尹炳新就提出,分销商众多导致的资源不集中的销售模式不足以支持兄弟产品快速进入中国市场,必经采取一种新的业务模式,即省级单一代理的模式,才可能实现兄弟产品在中国市场的跃进。在他的力主之下,兄弟中国在两年内完成了各地省级代理商的认定和合作。广州安桦也在2004年7月正式接下了兄弟品牌在华南地区的代理权。

这家公司是当时兄弟产品省级代理体系的一员大将——在成为兄弟代理商之前,广州安桦已是多个国际性品牌,如佳能、松下、三星等同类产品的省级代理或核心分销商,拥有较大的业务体量和广泛的市场分销网络。

2005年,兄弟中国正式成立,此时的兄弟代理商体系已初具规模。在成立大会上,著名演员孙俪作为兄弟品牌的形象代言人出现,引起轰动。凭借当年优异的业绩表现,严振维作为代理商的代表,与孙俪一同上台参与了兄弟中国的揭幕仪式。

在严振维看来,兄弟中国的一路成长与其坚持的代理商理念——长期友好且稳定合作——分不开。这种将区域代理商视为战略合作伙伴的理念和做法,促使大量像他一样规模的同行全力以赴地向当地市场推介兄弟品牌。从传真机到打印机,再到标签机及相关耗材,目前,兄弟产品是其公司销量最大的品牌,销售份额占了一半以上。

他认为,兄弟产品线广,价格也具有优势,积极引导市场良性竞争,

2005年严振维（左一）受邀参加兄弟中国开业仪式

相对其他品牌的同类产品更加有利润可赚。这是他们一直以来用心推广兄弟产品的关键。他希望，兄弟公司可以一如既往地开发出更多新产品，推出适应市场变化的价格策略，以满足市场对于兄弟产品的更大需求以及他们对于利润的诉求。

在兄弟中国20年的稳步发展中，尹炳新起到的作用他用"定海神针、中流砥柱"来形容。"他会认真聆听我们的意见，而且作出快速的回应，给予响应支持。"严振维说，"他在日本总部工作多年，与兄弟上层有良好的沟通渠道，又对中国的国情和经济形势有着深刻的认识，确保了代理商与兄弟中国及兄弟总部的有效沟通和业务对接，起到了上下联动、左右融通的关键作用。"

在他看来，尹炳新最大的贡献之一在于让百年日企兄弟在中国市场的开拓与耕耘充分本土化，有效降低了成本，也因为足够熟悉而能够推出更加精准的市场策略。

他强调，兄弟中国与各区域代理商的良好关系，与尹炳新对中国市场的持久性倾向不无关联。扶助代理商，帮助他们成长，保持着长期稳定的代理合作关系，同时又能在市场变动时灵活调整年度计划目标值，这也是广州安桦与兄弟中国合作至今的坚实基础。

平稳、持久和弹性空间，为兄弟中国应对市场的波动带来了更强的韧性。严振维提出，在金融危机和疫情等挑战之下，他们的兄弟产品销量并无明显下降。合作关系也依然紧密高效，"兄弟方面总能作出及时有效的调整，这为我们解除了后顾之忧"。

自2016年起，兄弟中国内置化的教练式研修，覆盖范围逐步扩大到了代理商们。严振维的儿子严浩中在第二个年度成为了其中一名学员，一共参与了为期两年的培训课程，初步接触到了企业管理的概念和系统知识，"这让他对企业的内部管理有了感觉和一定的认知"。

作为创业一代，已过花甲之年的严振维坦言，企业的交接班并不轻松，而兄弟中国提供的再学习机会和由尹炳新坚持推动的"企业诊断"，帮助他们增强了内功，也有助于他们更好地应对市场的波动。

严振维是20世纪80年代经济专业的大学生。作为当年的天之骄子，他对于中国乃至全球经济的发展有着自己独特的判断。他看到了疫情后经济面临前所未有的挑战，也因为市场的严峻延迟了交棒计划。他提出，在这个变化的时期，愈发容不得企业决策上的失误，市场变数之大，更要求企业负责人必须对市场有着更准确的判断和更坚定、迅速的行动。

这样的挑战，对于兄弟中国而言也是一样。已经将接力棒交到继任者张燕手中的尹炳新，也在为了稳定的过渡和企业的长足发展，延续着退任前的忙碌，继续贡献着智慧和力量。

"市场需求变化了,接下来怎么调整市场策略,越来越关键。"严振维表示,自己并不担心兄弟中国的企业文化与制度的延续,因为兄弟中国发展至今,已有成熟的内部体系和文化底蕴。未来的关键还在于对于市场的判断能否始终准确。他相信尹炳新与其继任者张燕能够找准方向、踩准时机,带领兄弟产品的全体代理商一同穿越这个不寻常的经济周期,在巨大的变革和代际传承中保持领先地位。

王远强:尹炳新有几个"过人之处"

在兄弟中国正式成立之前,至今入行近40年的王远强就已与尹炳新相识。当时,兄弟公司在中国成立了不过二十来人的办事处,而从

王远强(第一排左三)与尹炳新及兄弟员工、其他代理商们

1992年就参与兄弟在华项目落地的尹炳新已经开始主动积累本土化的市场资源。

作为兄弟品牌在福建省的代理商,福建科威技术发展有限公司董事长王远强同时兼任中国现代办公设备协会会长,而尹炳新为副会长;王远强在中国家电协会担任副会长,尹炳新担任理事——这让他对于年龄相仿的兄弟中国掌舵者,有着比其他同行更加全面、立体的认识。

"兄弟中国能实现这样的发展,和尹炳新个人的能力有非常大的关系。"王远强习惯直呼其名,平视的姿态之下,却也时时流露出欣赏和敬佩。

关于尹炳新,他一口气总结了好几个"过人之处"。其中最突出的一点,就是对未来行业走向的判断准确,及时制定出了应对方案,同时有能力带领团队实施到位。这对于兄弟品牌的代理商而言,受益是极为确定且关键的。

"很多代理商刚开始做兄弟的品牌,他会教他们如何自立、实现长远的发展。包括从建团队到建渠道,什么能做、什么不能做,都会给出精准的专业建议。"王远强举例说,有代理商最开始想做直销,但尹炳新会建议他们往系统集成商的方向发展。前些年不少代理商在兄弟中国的快速发展中积累了财富,随着时间流逝慢慢懈怠了,尹炳新会及时提出乌卡时代和二次创业,提醒这些公司的负责人不要因此而脱离一线,要始终回归到商业的本质。

王远强已经到了交棒的年纪,将公司的经营逐渐交给二代接班的他,仍然在坚持参加兄弟中国一年一度的战略合作伙伴年会。这是他唯一还亲自参加的品牌代理商大会。而尹炳新除了和自己保持交流,还会在企业诊断中与自己已接班的儿子交流,聆听他的需求,并提出针对性的建议，"他在每个坎儿上都非常具有前瞻性，这是很大的优点"。

基于前瞻性，尹炳新对于团队建设倾注了比同行更大的精力和重视度。与大量外资企业高管保持着良性互动的王远强认为，和其他企业相比，尹炳新不会只盯着当年的业绩，而是更加关注兄弟内部和外部体系的建立，致力于为兄弟未来的发展搭建团队。

一个人的前瞻性思维既有天赋的成分，也与自身持之以恒的"好学"不无关系。如果说前瞻性是尹炳新的高度，那么这种始终保有不断求索的谦逊与踏实，则成为了他的底色，支撑着他的专业和对市场的敏锐洞察。

尹炳新在中国家电协会担任理事期间，经常会很认真地与业内做得好的经销商们进行深入的交流，以汲取更多兄弟中国高质量转型发展的灵感。

大气的格局和开放的胸襟，是尹炳新"广度"的体现。这个特点直观地体现在了他对于代理商的选择与平时的同行和分享，以及他丰富的经营理论知识和实践经验中。

根据王远强的观察，兄弟的很多代理商，在没有代理兄弟品牌之前，业务规模都很小。但尹炳新不会因为小而更换代理商，而是愿意通过亲身投入的企业诊断和交流教育，带着小企业一路经历波折、直面风险，为企业组织架构、企业战略、企业文化道路等建设提供专业指导和建议，一步步发展成大企业。在2024年初的兄弟品牌代理商大会上，"现场至少一半以上的代理商规模在与兄弟合作之前都是很小的，但如今都明显壮大了"。这归功于兄弟中国的省代体系和将代理商作为合作伙伴的理念，这种理念是开放不排外的，"如果代理商想卖其他品牌的产品，只要是对公司发展好的他们都会帮忙，不仅不干涉，还会帮助你去更好地管控"。

王远强提到一个细节。2023年经济复苏不如预期,尤其是上半年,下游库存积压严重,低价抛货引发乱象。而尹炳新态度坚定地提出,要与代理商共渡难关,一方面,"品牌留出了空间,让代理商根据市场变化来调价以确保盈利,这让我们在2024年能够轻装上阵",另一方面,及时调节整体的供货节奏,从而为代理商出清库存、调整状态提供更大的空间——这些融在日常中的细节和理念,让兄弟品牌代理商的盈利状况长期好于行业平均水平。

在疫情管控期间,品牌代理商和经销商们也曾经历过物流不畅以及销量激增的异常,"兄弟反应最快"。在特殊情况下,个人打印机的市场需求激增,而兄弟中国成为了全国极少数全天候调配的国际品牌,"湖北是重灾区,武汉进不去也出不来,他们就调度湖北周边省份的代理商,通过卖到周边县城想办法运进去"。在调配的过程中,兄弟中国的做法也体现这个品牌的公益理念,"每个地区都缺货,尹炳新当时首先支持的是湖北"。

王远强的企业在2023年的福建水灾中也受到了影响,"我们很多的包装箱都破了,碰过水的货不能再卖,需要马上换。但我们没打电话,尹炳新就先给我们打电话了"。第一时间,兄弟中国帮助他们解决了所有的问题,"其他厂家做不到"。

在近几年中国办公设备和家电行业的发展中,曾有过几家企业在发展中遇到了资金的难题,"企业投资失败,经销商管理不当等,很多问题在所难免。而一旦其他企业遭遇到了问题,尹炳新都会飞过去帮忙解决"。

这种帮忙说起来轻巧,做起来却是相当考验人的,需要承担巨大的职业风险。迄今为止，面对经济的波动和频发的灾难，兄弟中国没有出现过坏账，代理商也在感恩的心态中极少出现超期付款，"这种高度的互信是长期培育出的"。

随着中国改革开放第一代企业家迈过"还历之年"，二代接班进入了高峰期。当有企业在代际传承的过程中遇到困难，尹炳新也会一层层引导着提前布局，给出对策建议。他甚至至今都保留着与代理商见面时自掏腰包准备礼物的习惯，"代理商生病也会第一时间慰问，其他人做不到"。对王远强而言，和尹炳新不只可以谈工作，还可以聊家庭和个人，也可以畅谈国内外的政经局势。

由于在行业协会任职，尹炳新也从来不只是关心兄弟中国自身或内外部团队，而是从整个行业和生态的良性发展来思考问题。"他对整个行业协会的工作，以及行业出现的危机和乱象都会很关注。他是和竞争对手都能坐下来好好交流的大气的人，面对小的同行也会力所能及帮忙。"王远强觉得，兄弟中国这么多年在高速发展的过程中，在业内获得了良好的口碑，也对于生态共建起到了关键的作用。

同为已经交棒的创业一代，王远强对于尹炳新退居后的状态印象深刻，"虽然他已经卸任，但作为名誉董事长还是对公司未来的发展做了充分的布局，帮助公司平稳度过交接班的阶段"。和民营企业家将自己一手创办的企业视为孩子一样，尹炳新也将兄弟中国的未来看得很重，具有责任心和奉献精神。而他的做法始终是放权、信任和追踪，有张有弛。

大概也只有王远强这样的年龄和资历，会在总结出尹炳新的优点后，主动聊起背后的成因："他受过良好的高等教育，逻辑性没问题；他有过在天津体制内的工作经历，规矩性没问题；他在日本总部工作过很久,严谨性没有问题;同时又受到了儒家思想的影响,为人厚道、低调务实,把该做的都做了,不该做的又能守住原则。"

在他的印象里,强盗逻辑、红海战术、群狼效应,这些在兄弟中国是完全看不到的。但正是在行业里始终保持着稳健心态的兄弟品牌,收获了最好的效果,让所有参与者共同受益。

面对全球价值链重塑和数字化、无纸化转型的冲击,传统办公用品行业面临严峻挑战。但王远强认为,这些趋势本身对于打印机这样的行业并不会有太大的影响。首先,文字交流不会被视频完全取代,线上办公也不会取代线下的文书交流。随着现代社会的发展,需要签订的文书只会越来越多,多数最终也需要被打印出来。

其次,中国的市场远未饱和。在市场需求始终存在的背景下,中国市场使用复印纸的人均单量,还不及美国人的五分之一。其中激光加喷墨打印机,一年在中国的销量约为1 500万台,30%卖到家庭。按照一台打印机4年的寿命来算,这意味着,中国拥有打印机的家庭不超过2 000万,仅占中国近5亿家庭数的4%,普及率较低。面对经济的波动,在新老企业的加速交替中,新增的市场主体也会对打印机提出更大的需求。

王远强信手拈来的大致数据和趋势观察,与行业报告的数据和公开资料大抵一致。

从品牌本身而言,作为销量已排行业前列的头部企业,Brother集团本身具有较强的成本控制和新品开发能力,同时也有着长达百年的全球化布局和市场拓展经验,因此多方面的基础能力大幅领先,短期内也不太会受到冲突。

不过,受到的影响不大不代表可以松懈或止步不前,创新是始终要做的。这种创新不仅仅是产品硬件及软件的升级,还包括应用场景的开发与创新。尹炳新开出的"二次创业"良方,鼓励这些在过去几年积累了个人财富的代理商们,主动下沉到县市开发市场,更是让人如醍醐灌顶。"以前很多人是拎着热水瓶来上班的,现在都住进大别墅了",王远强说,在经历了个人财富和企业规模的快速增长后,要想在整体经济降速的背景下保持基业长青,无疑需要像尹炳新这样来自百年企业的领导者的提醒和敦促。

来自兄弟中国对企业诊断的建议和良好做法,也会被他们推广到公司的更大层面。这家已经基本交棒给二代的民营企业,深刻理解并受益于兄弟中国的价值理念,用实际行动作出了继续与之携手同行的长远决定。

项剑强:我们能做大,是因为背后站着一个人

2014创世纪浙江新品推介会暨浙江经销商大会上项剑强(右一)与尹炳新和张燕(左一)

"我们能做到现在这么大,是因为背后站了一个人,那就是尹炳新。"说这话的,是浙江综讯数码产品有限公司董事长项剑强,也是与兄弟中国合作了20年的浙江区域省级代理商。

就营收规模而言,他所创办的集团是兄弟中国规模最大的代理商之一,也让这句感叹有了特别的分量。

项剑强清晰、平和、真诚的叙述间,时常不经意地流露出对于尹炳新和兄弟中国的极高认可与感恩。

2003年10月,他第一次有了与尹炳新、王剑波和张燕三人面对面深度交流的机会。"还记得当时张燕才刚入职不久。他们三人一起来到了宁波。"他回忆道,虽然在2002年就销售过兄弟的进口产品,也在一些大会上与刚成立不久的兄弟中国团队有过交流,但真正决定与之携手缘于这一次的会面。

任何一次缘分其实都是一场双向奔赴。因为同样的长期主义价值观和勇于创新且务实的商业理念,他在诸多候选者中最终被兄弟中国选中,"是我更愿意去选择兄弟,他们当时有很多选项,挺感谢他们最后选择了我"。

项剑强如今数十亿的营收规模中,兄弟产品的份额在其同时代理的多个打印机品牌中并非最大,但兄弟中国带给这位浙江企业家的影响力却是最强烈也最深远的,在其一步步壮大的事业版图中发挥了举足轻重的作用。

目前,他们的线上销售贡献了大约七成营收,是近年来保持两位数高增长的重要动因。而能够踩中线上消费的风口,很大程度归功于尹炳新敢于第一个吃螃蟹的前瞻性及魄力。

2012年3月,从2009年开始逐步涉足淘宝生意的项剑强向兄弟中国提出了天猫旗舰店品牌授权的申请,"我问兄弟要授权的时候,他们二话不说就给了",自此成为了兄弟品牌在天猫官方旗舰店的运营方。在这一年的"双十一"期间,兄弟打印机和传真机的销量占据了全网行业第一的地位。

为什么在诸多品牌中首先想到问兄弟品牌要授权?他说,既因为与兄弟中国的交流最为顺畅,也因为尹炳新带领的团队向来对于新鲜事物有着很高的接受度,始终鼓励代理商拓展新领域和新业态。在平时的交流中,他会像兄弟中国内部的员工一样,自然地喊尹炳新"老板","老板是你想要什么,你有什么问题,随时可以交流的人"。

项剑强记得很清楚,兄弟是全中国第一家专门成立了线上经营部门的打印机品牌。2012年兄弟就已经在杭州召开了全国线上经销商大会。尹炳新也是阿里巴巴每年一度召开的大型年会上,第一位被邀请的打印机品牌代表人物。

由一家区域代理商来全权运营一个品牌的旗舰店,除了授权之外,也离不开品牌方的长期支持。多年后看起来炙手可热的风口,在尚由苏宁、国美这类线下连锁零售和电脑城占据的时期,并未被多数人接受,"很多商家当时并不愿意入驻天猫,觉得还不如去电脑城开店"。但兄弟中国却给予了足够的重视,不仅选择与天猫平台直接对接、紧密合作,从而为运营方提供知识产权等全方位保障,而且还与阿里巴巴一起制定了打印机行业线上销售的游戏规则,以确保线上销售的规范有序发展,同时保护线下其他代理商和经销商的利益。

"一开始线上经常会出现低价、卖假货的情况。"项剑强认为,尹炳新在敢于创新的同时,又有着很强的原则性,"始终坚定地把合作伙伴的利益放在第一位";在自身积极探索和实践之外又颇有大局观,会主动参与制定符合行业规范的线上销售规则，从而基于创新和务实为整个行业生态的可持续发展作出贡献。

任何一项新的业务要形成良性循环，都需要一定规模的支持。为了帮助并鼓励项剑强建立电商化团队并加大投入，2013年，兄弟中国为其引荐了日本的文具品牌，2017年将家用缝纫机的线上旗舰店运营权也主动授予了他。

作为国际品牌，兄弟中国创新的原动力还在于尹炳新对于中国市场的精准洞察。"他很懂中国市场，总能及时洞察到中国未来的商机和创新方向。"

从市场开发模式而言，兄弟中国独创的省级代理商模式，以及尹炳新提出的四六级市场概念，也是极富引领性的。"兄弟每年在浙江省召开的经销商推广大会，影响力大于任何品牌。"这种影响力一定程度上在于兄弟团队亲身投入所建立起的信任度和高黏性，"兄弟的团队会协助我们的销售团队一同下沉到四六级市场去建立经销商体系以及维修站"。在顶峰时期，兄弟经销体系的触角延伸到了浙江的每一个区县乃至乡镇。

兄弟在中国推出喷墨机产品之初，曾有过水土不服的情况，因质量原因导致了销售不畅和大量退换货的问题。"当时兄弟的做法是，是质量问题就全部退换，承诺有问题一定解决，要什么配件也都给你。"这种做法用顾客至上的服务弥补了质量带来的影响，"最终的消费者没有感觉到有问题"。

2012年和2015年市场下行，项剑强他们也遭受到了库存大量积压的挑战。兄弟中国当即明确，允许代理商们有一段时间可以不提货，给予他们释放库存的窗口期，同时为他们当下的销售难点提供必要的支持，比如想要展开热卖促销活动，就可以申请相应的费用。

在这些低谷期，尹炳新也会亲自来到浙江参与区域经销商大会，利用稳定的政策和创新的产品竞争力给予代理商渡过难关的信心。"把代理商称为战略合作伙伴，兄弟是第一个。"项剑强觉得，兄弟真正地把代理商的发展视为自身的责任和责任所在，一系列具有高度的战略和企业文化深刻影响了整个代理经销商体系乃至生态的构建。

"大家聚在一起时都会感叹，做兄弟真好。"他坦言，公司发展至今，只有兄弟品牌的活动，自己会每场必参加，"因为氛围舒服，每个人都被平等对待，让人感受到无差别的尊重与接纳"。

每年兄弟中国为拓宽代理商视野而组织的海外商务会议，项剑强都会携夫人一同参加。这是一个与尹炳新朝夕相处的机会。"每次吃自助餐，每个人都会主动围到他的身边聊天，聊自己的团队发展，聊当下的环境，以及怎么面对和改变。他每次都会给予合理的答案和建议。"

从中小企业发展至如今兼具线上运营、线下销售、生产制造、仓储物流等多元版图的现代化集团，项剑强自称在企业管理和改革创新上是"拿来主义"，"经常从兄弟那儿拿"。比如，兄弟中国最早引入的教练式研修项目，他就直接把外部团队请到自己的公司来做培训；2024年初的战略合作伙伴年会上，兄弟中国为代理商高金聘请来到现场讲授的战略咨询老师，也被他迅速请到了宁波来授课，"兄弟对于人才的培训和培养很重视，我们也很重视"。

除了主动向兄弟中国学习，项剑强他们也极大受益于兄弟中国对于代理商"不遗余力"的培养和智力支持。"最年轻"代理商夏荣的案例，就是兄弟中国助力项剑强推行公司改革升级的缩影。

2014年初夏，针对原本由综讯代理的江西市场的现实情况，兄弟中国的高层明确提出，公司必须进行战略调整，实行"江西本土化"策略。经过多次与尹炳新和王剑波等人一同进行的经营会议讨论，项剑强决定推行公司股份制改革。同年8月，他成立了南昌泰荣电子科技有限公司，将江西业务板块改为独立主体公司经营，将"职业经理人"变为"事业经理人"。实践证明，这一改革举措有效激励了团队的成长，也实现了本地业务的逐年攀升。

这次改革为项剑强提供了切实可行的依据和可复制推广的模板，也大幅提升了他们推进改革创新的信心。

他回忆称，2016年，综讯公司总经理退休，松下产品退出中国市场，这让公司经营陷入了新的困境，"必须进行组织和战略升级"。有了2014年江西公司经营模式改革的经验，2017年，他果断决定把原来的各业务部门以主营业务划分为"四大事业部"，即四个独立核算经营体，同时成立"六大职能部门"，即"大平台，小前端"的经营模式。战略上则确立各经营主体公司3—5年战略规划，战略持续落地至2022年，这是他们第一次真正意义上的组织和战略升级。

与尹炳新相差不过四岁，项剑强从兄弟直接"拿来"的同时，每个阶段的调整和价值理念也在以这位睿智的兄长为观摩榜样主动地吸收、消化。

在2024年兄弟中国的年会上，他作为代理商代表致辞，所作的分享中频频闪现兄弟文化的影子。他说，想让企业持续高速发展，管理团队是至关重要的一环。单打独斗的时代已经过去，团队合作和协同创新才是大家不断前行的动力。管理，是"管头管脚"，不是"从头管到脚"。多年来，自己始终奉行"充分放权"的管理方针，管好"头"，即统一思想，确立企业的战略方向和愿景目标，管好"脚"，即抓牢结果，用阶段性结果来检验和衡量行动。

在20年来兄弟文化的深刻影响下，项剑强对于管理有了更清晰的思路和更大的底气。"在过程中让团队成员发挥自己的创造力和智慧，更加自主地拆解目标，制定战略规划、管理决策，激发团队成员的潜能。但放权并不意味着失去控制，而是建立在信任和目标共识的基础上，利用完善的管理制度和管理流程，做到过程有监督、结果有反馈、目标有考核。"这样的思考和总结，与尹炳新"放权、信任、追踪"的经营哲学一脉相承。

在他看来，兄弟带给自己及公司的影响力和价值，是无法用金钱衡量的。"有他站在身后，我们会更愿意走出舒适区，去开创新的领域。"这也让项剑强说出了最开头的那句话。

有相同感受的不只是他，也不只是代理商。"张燕在接班的时候是2022年10月，其实整个环境很难，但她的信心很足，因为背后站了一个人。"他留意到，尹炳新一直站在张燕的身后帮她争取总部的资源，在她第一年去日本总部述职时也亲自陪着一起，全心全意地为其争取更大的话语权，"对所有人他都是这样支持"。

随着全球价值链的重塑和中国品牌的崛起，代理商与兄弟品牌的关系会怎么改变？项剑强脱口而出："只会越来越紧密。"他说，因为足够的信任，也因为前有尹炳新后有张燕，都是20多年来充分懂得彼此的伙伴，"既然是战略合作伙伴，就一定是你会想着我，我也会想着你"。

在2024年的代理商签约大会上，他与张燕交流了一个多小时。他深刻地感受到这位继任者与尹炳新一样的"没有顾虑，全心希望代理商自身的实力越来越强"，也竭尽全力地为他们提供着支持。

受益于电商化和数字化的提前布局,项剑强2024年代理的兄弟业绩继续保持增长,"今年肯定超过去年"。

信心比黄金更重要。这位低调务实却勇于开拓的宁波企业家引用了兄弟的核心价值观"At your side.","只要我们需要,兄弟就一直在我们身边。面对世界之变、时代之变、行业之变,我们也将与兄弟共风雨、同命运,相扶相持、一起成长"。他说自己创业初期的梦想,是要打造一家秉持"诚信、建业、树人、共赢"理念的百年企业,在与兄弟文化的深度融合与持续学习中,他将这一梦想提升为打造可持续发展的生态赋能企业,并与兄弟一同精耕细作、砥砺前行,将发展道路拓得更宽、更远、更稳固。

第4章 | 绘就业务版图

随着兄弟中国内部运营和管理团队的构建与壮大,以及外部以省级代理为前提的独特代理经销商体系基本形成,Brother集团的在华市场版图已然绘就。

作为Brother集团设立在上海的销售与服务公司,集团在中国的事业领域从90年代的销售进口传真机,快速扩展到了如今以打印机、多功能一体机、标签打印机、扫描仪、传真机等产品为代表的打印及解决方案事业,以及以家用缝纫机、商用绣花机为中心的家用机器事业。

依托集团旗下分设于深圳、珠海、台湾等地的生产工厂,以及于2010年在杭州设立的研发中心,兄弟品牌在中国实现了研发、生产、销售三位一体的完整供应体制,也有了更强的实力和韧性得以为中国市场提供高品质的产品和服务。

强调合作共赢的理念不仅体现在内部的团队建设上,也体现在外部代理经销商体系的打造上——兄弟中国提出了"和战略合作伙伴共同成长"的口号,将代理商视为战略合作伙伴。

在这种深度绑定、共同成长的模式下,兄弟中国的多元事业迅速进入了良性循环,也上演了后来居上的传奇。

其中,2008年,兄弟中国的业绩相比2005年成立之初翻了一倍多;随后以几乎每三年增长一倍的速度攀升——第一个10年期间,业绩增长了四倍之多。

除了上海总部,以及北京、广州、成都、西安、沈阳、武汉等六家分公司和数千家经销商,兄弟中国收获了其主营产品标签打印机和家用缝纫机均在中国市场排名稳居第一的成绩,A4激光打印机的市场份额也名列前茅。

随着销售布局陆续覆盖了全国,内部团队规模也从七八人扩张到了数百人。多年来保持着双位数增长的兄弟中国,迅速从业内名不见经传的初创企业成长为了中国市场数一数二的强者。

成长期：
超越·后来居上（2008—2012）

第5章 | 度过至暗时刻

作为成立不久的团队,兄弟中国遭遇了全球经济的至暗时刻。

2008年的美国次贷危机,是自1929年以来最严重的一次金融危机。市场的恐慌迅速传导到了全球范围,引发了全球性的金融危机,也导致了市场需求大幅收缩。与此同时,随着全球打印行业的竞争越来越激烈,部分在华外资品牌甚至纷纷选择退出这一赛道,转向其他新兴行业。

面对急转直下的大环境,兄弟中国没有被吓退,在同事眼里很少踌躇不前或被困扰的尹炳新,保持着平稳的心态,也善于逆向思维,"大家境况同样不好的时候,我们能坚持做好,反而是机遇"。

这种淡定和乐观,与尹炳新从小养成的沉稳个性有关,而在这种不可谓不勇敢的逆向思维和直面挑战中,又足见尹炳新作为企业家的冒险天性和创新精神。

很多时候,企业家的决策并没有标准答案,往往靠的是自己的想象力和对未来市场的判断。信心永远比黄金珍贵。在尹炳新的脑海里,未来始终有希望。

当下的困难是巨大且现实的。为此,兄弟中国及时调整了发展方针,将原先的高速增长转向了"苦练内功,稳步增长"。也就在这一年,在成立前三年维持两位数高增长的销量增势有所缓和。不过,与行业整体下行相比,兄弟中国实现的逆势增长已经超出了公司本身的预期。

尹炳新在2008年面向公司全员的寄语中用"积极探索,稳中有升"八个字总结,并具体提出了公司在这一年实现的六项进步。不仅仅是在经济危机中实现了稳步增长,兄弟中国还加强了ACC(原装耗材)渠道的建设，增加原装耗材和高端机的销售专员，同时整合标签机的渠道，进一步完善了售后服务体系，不仅在高附加值产品销售领域取得了大幅增长，而且也显著提升了其在中心城市的品牌形象，进一步巩固了与战略合作伙伴的关系。透过这些进步，不难窥见兄弟中国内功的提升和增长的稳定性。

站在低谷展望新的一年，尹炳新在直面挑战中更多看到了机遇。他铿锵有力地提出2009年的战略，即"找准定位、练好内功、与时俱进、再创辉煌"。

这一年，兄弟中国继续保持正增长，并在经济逐步复苏后，于2010年再度回到了两位数的高增长通道。

支撑Brother集团在华市场逆势增长的，既有持续本土化的供应链、注重修炼内功的销售和管理团队，以及独具特色的省级代理商模式，也归功于兄弟中国在汹涌的浪潮中沉稳掌舵的战略调整与资源调配。这种由内生长、打通价值链、汇聚整个生态力量的综合优势，在逆境中愈加凸显。

2011年3月，日本爆发了大地震，多个工业领域的供应链和物流中断，也波及包括中国在内的全球产业链。

祸不单行。2011年，国际形势再度变化，欧债危机的动荡严重影响到了中国的经济，大批中小企业倒闭，大客户采购预算减少，国家银根收紧，也让以销售为主的兄弟中国在出货、收款、库存等多方面感受到了市场压力。

"经历过2008年金融危机洗礼的我们，已经谙熟于应对这样的压力。"尹炳新轻描淡写的概括中，是传统的经销渠道承受着多重不利的因素，包括经济大环境恶化、竞品价格的下移、兄弟产品的竞争力弱化等。

在这种压力下,"兄弟特色"的渠道模式发挥了关键的作用——兄弟所采用的省级代理制度,能够保证其代理商获得较高的利润回报。同时,兄弟中国强调"战略合作伙伴与Brother共同成长"的理念,提倡与代理商共同发展,共同成长。为此,通过不断将工作做深做细,2011年的销售业绩相对于2010年仍然获得了长足的进展。

最让尹炳新欣慰的,是耗材销售占比持续提升。在他看来,整机销售之外,由兄弟研发生产的原装耗材是后续经销商盈利的重要来源。对打印机而言,也是与之最匹配的选择。内部数据显示,在兄弟中国的整体营业额中耗材的营业额占20%左右,而在欧美的兄弟公司中占比高达70%,可见兄弟中国的原装耗材仍存巨大的上升空间。

为此,兄弟中国为每年的原装耗材占比制定了增长的指标。2011年,兄弟原装耗材的销售通过合理的价格、渠道利润及不断扩充的零售网点,实际销量明显增加,各级经销商的销售主动性和积极性显著提升。

与此同时,经过几年的渠道培养,标签机业务在这艰难时节迎来了丰收,高端机的销售在这年实现了大幅增长,包括卖场、网销、目录在内的新通路销售也均有所突破。

在2012年财年的开端,尹炳新向全体员工提出了两项目标和总体的工作部署:"首先,作为管理销售型公司,完成各部门的销售目标是首要任务。其次,要进一步加强体制建设,包括对内的团队建设和对外的渠道建设。"

对内的团队建设,即进一步朝着自律型员工努力的同时,做好部门内、部门间的团队协作,这是兄弟中国之所以迅速发展至今的制胜法宝和保证今后持续发展的力量源泉。

对外的渠道建设，则指与合作伙伴更加步调一致、齐心协力地前行。尹炳新认为，与代理商建立的信赖关系是兄弟品牌优于竞品的巨大财富，"没有代理商的成长就没有兄弟中国的成长"。为此，让代理商充分理解兄弟中国的方针，真正贯彻实施，并且加强各自内部团队的建设、积极开发更深层次的渠道，是兄弟中国长期面临的课题，也需要做大量细致的工作，不惧辛劳。

在不同的场合，尹炳新多次强调，"在同样的市场环境下，只要我们比竞品做得稍好一些，就一定能在激烈的竞争中胜出"。越是困难的时期，越需要齐心协力，才有可能实现成长。

第6章 | 倾听最终用户的声音

兄弟中国之所以能后来居上,并在金融危机中实现稳步增长,最主要的动因就在于足够了解当地市场,依托强大的研发和制造基础进行及时、灵活的本地化调整与改进。

对尹炳新而言,市场的真相是要自己走出来、聊出来、真实所见的。既不能只听代理商的反馈,也不能单看第三方的调查数据,必须多方信息结合起来判断,而只有身体力行、勤走访,才能及时掌握鲜活的一手信息。

作为中国市场的掌舵者,尹炳新经常走访各地的电子城,目的就是获取第一手资料。作为全国电子行业的风向标和电子产品集散地,当时风靡的电子产品城中关村,成为了尹炳新常去的目的地之一。

为了观察到最真实的情况,尹炳新经常"微服出访"——不跟代理商说,也不提前知会北京分公司的员工,一个人直奔市场。他最常观察的细节之一,就是终端零售门店兄弟产品的摆放位置。通过看门头产品摆放的位置,他就能直观了解兄弟产品的销售情况和品牌市场地位的变化,以及经销商自身的发展状况,还能大体识别出核心的经销商。基于这些一手掌握的市场信息,他会再与代理商共同商议下一步的对策,"每个季节的销售波动都不同,需要的市场策略也不一样"。

足够了解市场是基础也是第一步,兄弟中国对于最终用户声音的重视和及时反应是解开增长密码的下一步行动。

以面板设置的细节为例,针对中国市场和用户的特点,兄弟不仅仅在产品的面板按键上采用了中文标识,还将液晶屏里的内容也做到了中文显示,并且根据中国市场的特点设置了身份证复印功能,在大屏幕显示和用户体验方面均做了提升。

尹炳新尤其重视客服中心的反馈,在他看来,很多改善建议都是最终用户提出的,经销商也会在中间传递,这些直接的建议和意见必须成为后续产品改进迭代的方向。

尹炳新提到的一款产品改进案例,体现了兄弟中国从用户出发的理念。有一年,兄弟品牌面向中国市场推出一款新型的打印机产品,与同行的产品未设置温度变化的显性功能不同,这款产品会在使用中随着机器升温而降速,并显示出过热保护的相应提示,这样的显性提醒反而引起了用户对于机身过热的担忧。有用户提出了是否可以增加风扇以即时降温的建议。很快,兄弟中国在接收到相关反馈后立即与总部联动,"总部很快派了开发部的人员前来,实地拜访了各级经销商,从省会城市到区县,深入了解用户的真实需求,并迅速作出了更改的决策"。通过第一时间推进具体的改进方案,兄弟迅速更新,推出了新增风扇的打印机产品。

"其实,提醒温度上升并不会给机器本身质量和运营带来实质性的影响,但用户有担忧、有意见就必须重视,这是用产品链接用户、服务于用户的根本。"尹炳新很清楚,作为市场上的后来者,用传统的营销方式很难突围,必须回归到商业的本质,从最根本的以用户为中心出发,从渠道和经销体系的模式创新着手,通过距离市场更近的触角直接掌握用户的需求、喜好,"哪怕一开始有知名度上的差距,但总归会一点点获得市场,占据属于自己的地位"。

一个来自用户内部的数据透露,兄弟品牌的机器实际使用寿命远远超过官方承诺的寿命,"这个机器用了多久,打印了多少张,换了多少次粉,都有内部数据。但到了要报废的时间,你会发现我们的产品还能

2014创世纪打印时代新品发布会现场挑战"一万页连续打印"

继续正常地使用"。

　　行业内"万页不卡纸"的神话,就是兄弟品牌最早创下的。

　　对于激光打印机而言,用户最头疼的问题莫过于卡纸。因为相对于喷墨打印机,激光打印机的纸道更加复杂,通常为S形设计,而喷墨一般采用C形进纸方式,再加上激光机本身更为复杂的内部结构,较容易出现卡纸情况,而且用户处理起来也会比较麻烦,一不小心还可能损坏定影膜。因此,卡纸的情况成为了衡量一台激光打印机稳定性的重要指标。始终从用户需求出发,在产品研发和设计领域精耕细作的兄弟品牌,通过持续提升机器的稳定性,致力于实现零卡纸率的极致效果。

　　2014年,兄弟中国在北京召开2014创世纪打印时代新品发布会,面向中国市场推出了全新的"优选"系列产品,并对"悦省"系列产品线进行了升级与补充。这一系列的激光打印机产品,通过调整搓纸轮材料摩擦系数和耐磨性,进一步改善了进纸通道的进纸位移偏差,可以确保高速打印过程中纸张的平稳运行,从而将卡纸率降至最低。

　　在当天的新品发布会上,兄弟中国主动发起了"挑战一万页"公测项目,随机选了3台"优选"系列中的基础款产品展开了现场实测,并邀请北京公证处的官方人员就整个打印过程和结果进行全程公证。经过了将近8个小时的连续打印后,3台机器各自完成了一万页的打印任务,全程没有发生过一次卡纸问题,创下了"万页不卡纸"的纪录,也展现了兄弟品牌过硬的技术和品质。

第7章 | 产品价值为王

除了对于本地市场的敏锐洞察,兄弟品牌的另一个取胜因素是性价比。

对消费者而言,这种性价比是实在可见的:同等价格可以实现更多的功能,同等功能的产品则可以享受更优惠的价格。

实现产品价值最大化的背后,是兄弟在百年历史中积累的以"At your side."为导向的制造体系和研发实力,以及贯穿始终的价值链式经营管理理念。

和其他外资品牌在当地寻找工厂代工不同,兄弟中国销售的产品全部由集团旗下的自有工厂供应,强大的制造能力还让其为国产品牌提供代工,也因此拥有更高的供应链管控能力和稳定的品质。

2010年6月,Brother集团在杭州成立了软件开发公司滨江兄弟信息技术(杭州)有限公司(简称"滨江兄弟")。这是Brother集团唯一的一家海外研发中心,也成为了集团在海外的第一家集软件、机械系统、电子回路于一体的综合型研发中心。至此,完整的研、产、销一

原滨江兄弟所在大楼

体化机制在中国形成，不仅为兄弟品牌在中国本土化布局提供了极为关键的支撑，也让兄弟中国如虎添翼。

一方面，从喷墨到激光，从黑白到彩色，从入门级到行业级，兄弟中国得以为用户提供覆盖了全产业链的产品；另一方面，本土化的研发体系可以帮助他们更快应对来自中国用户的需求，通过联手研发中心与客户展开即时沟通，迅速形成一揽子综合解决方案与服务，从而及时满足用户的多元化需求。

紧跟用户需求，兄弟中国与滨江的研发中心乃至集团总部和在华各大子公司的联动绝不仅仅是在表面。

2014年，尹炳新在日本总部首次提出，要为中国家庭市场启动本地化产品的定制服务。随后，为了让本土化的中国战略愈加掷地有声，也为了充分发挥各自的优势，Brother集团在中国地区专门成立了SST小组（Special Solution Team），也就是特别解决方案团队，以具体推动技术与产品创新的结合，为中国的金融、医疗、教育及政务等领域的自助终端提供打印输出技术对接，以帮助客户提高运行效率。

2015年加入滨江兄弟的李鹏，最初负责的正是与兄弟中国对接SST和产品技术企划等相关工作。2019年，专门为中国市场量身定制的自主开发项目启动，即通过销售和产品团队以及经销商等渠道收集市场信息，有针对性地通过策划开发出适合中国市场、更好满足中国用户需求的定制化产品。自此，他开始专注于负责为中国市场自主开发的产品项目，主要产品包括微信打印、固定资产应用、共享标签、长尺托盘等。

为了进一步强化与兄弟中国的横向合作，以更快、更准、更好地了解中国消费市场的需求变化，滨江兄弟自2023年开始专门设立了设计者派遣团队,进驻兄弟中国,以提前介入产品售前的各种筹备环节,直击客户的困扰、痛点和要求,深入理解中国市场的动态和消费喜好,确保产品能够紧密贴合市场趋势并引领潮流,为客户提供尽可能高的产品价值。

2024年,李鹏也将办公地点从杭州滨江切换到了上海——以借调的方式直接入驻兄弟中国在上海的总部大楼,开启了研发和销售端的无缝连接。除了让研发更贴近市场,他认为,这种方式能够更好地帮助研发团队理解兄弟中国的战略,并与这个负责销售和管理的组织建立更强的信任,从而在更大的维度上推动研发和销售两大环节的合作,也将Brother集团秉持的"顾客至上"的理念贯彻到极致。

如此执着于从客户需求出发的Brother集团,对于价值链管理是始终遵循着沉淀了百年的价值观——兄弟价值链式经营管理(BVCM,全称为Brother Value Chain Management),其内核是在为顾客提供优良价值的过程中,始终以顾客为中心,将"需求链""合作链""供应链"三根链条联结在一起,与三根链条上所有环节的参与方共同秉承"At your side."的精神,持续改进制造与服务流程,从而为顾客提供更为卓越的产品和服务。

对兄弟中国而言,在倾听用户声音的基础上,及时将市场建议反馈到下一个产品的研发中,这是提高产品价值最高效的链路。

"简单销售现有产品还不够,用户一旦提出需要新加一个功能,比如要加个锁,就可以迅速形成解决方案。"尹炳新说,"原先这些意见都需要反馈给总部,如今在中国境内就能够迅速联动、消化落地。我们与滨江兄弟以及总部三方见面一碰撞,就可以快速实现并提交给最终用户。"

2021年，滨江兄弟创建了自己的2030愿景，明确了2030年致力于达到的目标：在"成为不可或缺的开发基地"的定位之上，他们将"能够完全承担特定技术领域的开发任务"定为目标，并将人才培养和价值创造作为重要举措，致力于成为一个可以不断创新与成长的组织。截至2024年，这一集团在海外唯一的研发中心已覆盖集团的诸多事业板块，开发业务规模达到了历史最高水平。

对兄弟中国而言，有了自主开发和技术研发创新的强大赋能，也收获了在经济周期中稳步上升的强劲引擎：从产品设备到提供软硬件结合的解决方案，从传统的应用场景扩展到新经济领域的各类场景，层出不穷的本土化产品与服务同已有的成熟产品一起，支撑着这一跨国企业在中国的持久发展。

作为深耕中国的跨国企业之一，Brother集团在中国的重心，也正在全球价值链的重塑中越来越多地从制造和销售中心转向研发中心，将"在中国为中国，在中国为全球"的本土化意涵向着微笑曲线的两端不断提升。

"我们公司是Brother集团在日本以外的唯一开发基地，这一地位赋予了我们重要的责任和使命，不仅要支持全球的开发工作，确保产品在全球范围内的技术领先和适应性，还要特别关注中国市场的开发需求。"滨江兄弟总经理稻田表示，这种双重定位让研发中心在Brother集团中占据了举足轻重的地位。

稻田提出，在支持全球开发方面，滨江兄弟充分利用全球资源，与Brother集团旗下的其他公司紧密合作，共同推进技术创新和产品研发。由于长期积极参与国际项目，他们在与来自不同国家和文化背景的同事及同行交流思想、分享经验的过程中，不断提升着自身的全球视野和创新能力。

在支持中国开发方面,稻田他们更是倾注了全力,"我们深知中国市场的重要性和独特性"。为此,他们坚持按照中国用户的习惯来开发适合他们的产品。

基于这样的定位和目标,创新文化成为了滨江兄弟企业文化的核心部分,他们也践行着Brother集团的价值观。"我们鼓励员工勇于尝试、敢于创新,为他们提供宽松的工作环境和丰富的资源支持,以激发他们的创造力和潜能。"稻田相信,只有不断创新,才能在激烈的市场竞争中立于不败之地,为Brother集团的发展贡献更多力量。

为中国市场提供定制化产品与服务的同时,滨江兄弟的团队也看到了中国近年来的巨大进步和创新速度,并保持着谦逊的姿态,希望能够在直面竞争的历练中精通各种中国领先的技术。

比如在软件方面,中国有以BATH(百度、阿里、腾讯、华为)为中心的信息技术平台以及与欧美优势不同的技术领域。滨江兄弟希望能够将Brother集团的独有技术与之融合,创造出更多独特的价值。在硬件方面,为了与日益增强的中国品牌同台竞技,他们必须强化开发实力,提高速度,改善效率,而专注于中国市场的自主开发,就是提高产品开发速度和效率的捷径之一。

提到今后的发展和挑战,稻田表示,他们也已经做好了充分的准备和深远的规划。

首先,坚持创新始终是其发展的核心驱动力。在当前这个日新月异的时代,他们清楚,只有不断创新,才能在激烈的市场竞争中立于不败之地。因此,他们将在与兄弟中国的紧密联动中,持续加大研发投入,鼓励团队主动挑战技术难题,推出更具创新性的产品和服务,以满足客户日益多样化的需求。

其次,他们决心追寻"中国速度"。"中国市场的变化速度之快,全球瞩目。为了跟上这个节奏,甚至引领市场潮流,我们将优化内部流程,提升响应速度,确保在第一时间捕捉到市场动向并作出迅速反应。"稻田自知,这不仅是对他们执行力的考验,更是对团队整体运营效率的挑战。在努力打通需求链、合作链、供应链的基础上以及与中国本土企业相互取经和激励的进步中,他表示自己有信心,通过不懈努力和团队协作,展现出令业界惊叹的"中国速度"。

追求本土化创新和"中国速度"之外,稻田认为,实现"中国品质"才是他们追求的终极目标。他深知,品质是企业生存的根本,也是赢得客户信任的关键。为此,他们也将严格把控产品质量,确保从研发到生产、销售的每一个环节都符合甚至超越行业标准。同时,致力于提升服务品质,为客户提供更加周到、专业的服务体验,"只有做到了'中国品质',才能真正赢得市场的认可和尊重"。

第8章 | 爆款"弯道超车"

2012年,兄弟品牌的明星型号MFC-7360打印机在中国的年度销量达到19.8万台,远远超越了当年的老大哥品牌——其主力型号销量不足兄弟的六成。这成为年轻的兄弟中国后来居上最早冒出的苗头,也是其市场地位不断夯实的例证。

"明星"打印机MFC-7360

一年后,这款主力产品的销量再度坐上了19万台的冠军单品宝座,同年兄弟品牌在中国市场的占有率达到了11%,跻身前三强。2015年,兄弟品牌凭借13%的市场份额在中国市场排名第二,并在2018年达到了14%的高峰。

"爆款"凭什么能弯道超车?又何以保持高销量?在倾听用户声音、坚持产品价值为王的理念与实践之下,一个个销量的里程碑式节点,也正是兄弟中国不到8年就闯入了头部阵营并至今稳居前列的写照。

尹炳新认为，虽然兄弟品牌在中国市场是后来者，却是将打印、扫描、复印、传真多功能融为一体的发明者和引领者。在细分赛道的长期耕耘和技术储备，以及对于市场变化的精准把握，让Brother集团凭借创新创造的能力在一体机领域抢占了先机。

传真功能已经逐渐不被市场所需要了，随着SOHO (Small Office, Home Office，即小型办公、居家办公) 潮流的兴起，人们越来越需要多功能的产品以节省占用的空间，提高使用的便利性。

以前述主力产品为例，简洁的外观设计，出色的打印性能，便捷的扫描功能，实用的复印功能以及经济实惠的耗材，都相当贴合中国用户的心理，不仅能节省空间，还能更好地控制成本、提高灵活性。随着各大品牌也陆续推出一体机，兄弟品牌凭借其稳定性、高性价比、智能节能功能等综合优势持续占牢用户的心智。

被中国市场需求激发的研发制造和创新模式不在少数。李鹏说，在传统的打印机销售模式中，用户通常需要一次性支付设备的全部费用，然而在使用过程中，打印量的多少并不与初次投入的成本直接挂钩。基于对市场需求的深刻洞察，他们针对这一痛点展开了研究，最终结合技术研发和商业模式的创新开发出了按页付费的新机型，也从根本上满足了客户的需求，真正实现了打印成本与打印量的精准匹配。

这意味着，用户通过微信小程序即可按需购买打印页数或根据实际的打印量支付费用，无需再为设备的闲置或过度使用而承担不必要的成本。这种别致、灵巧的方案，综合考虑了中国家庭用户实际打印需求、庞大的智能手机保有量以及发达的电商与物流体系，一经推出，立即收到了市场的正向反馈，也为兄弟品牌开辟了新的盈利模式。

这一机型在创新性上的代表性，只是Brother集团在中国市场大胆尝试的缩影。

"按页付费模式不仅改变了用户对打印机产品的认知,还推动了整个行业向着更为智能化、个性化的服务方向发展。"李鹏认为,这类创新项目为整个打印机行业注入了新的活力与发展动力。

为星巴克外卖提供杯贴打印方案,也是兄弟中国经过灵活的定制化开发和改良打造的案例。

以往星巴克在为顾客服务时,都会在纸杯上写下饮品类型及对应的用户姓氏,以确保点单和领餐信息的准确度。随着外卖业态的迅速崛起,星巴克近年来在中国开启了外送服务,面对愈加多元的业务场景,手写效率显然跟不上新消费业态的爆发。

为此,兄弟中国仅用不到三个月的时间,就为星巴克研发出充分适配的解决方案——星巴克收银终端直连兄弟标签打印设备,兄弟联合合作伙伴,研发了标签剥离器,确保标签在打印出来的同时完成与底板的分离,这样店员可直接将标签贴于杯上,省去撕标环节,大幅提升了效率。

兄弟开发的杯贴打印方案

这一从真实场景和用户需求出发的定制化方案，此后被广泛应用于国内外的咖啡茶饮品牌。

将中国整个市场的客户视为超级VIP展开的自主开发，明显带动了兄弟品牌现有产品的销量，也为兄弟中国在行业释放了更加强大和颠覆性的影响力。不管是按量付费模式的创新，还是为茶饮外卖提供的杯贴打印方案，都在引领着全行业的商业变革。

除了这些定制化方案，兄弟中国也瞄准时机，在"四合一"的基础上及时打造多款"三合一"明星产品。

兄弟中国最初是凭借卓越的传真技术立足并领先于市场的。然而，在互联网科技革命持续推进的浪潮中，中国客户对打印机的需求发生了显著的变化。随着电子邮件和即时通信等技术的广泛应用，曾经在办公领域不可或缺的传真功能，如今已不再受市场青睐，互联网技术应用走在世界前列的中国市场在相关需求的转变上最早显出端倪。

在这样的变革时代，始终"顾客至上"的Brother集团再次展现出了敏锐的嗅觉和高瞻远瞩的眼光，并迅速开启了战略布局。

兄弟中国把产品研发的重心转移至打印、扫描、复印"三合一"的产品上，并在低端流量产品领域率先推出网络和双面功能，以此来满足客户的全新需求。让功能更加聚焦，也更精准地匹配需求，这样的产品很快凭借更高的品质和性价比俘获了消费者的心。

面对中国规模庞大且独具特色的耗材市场，兄弟中国也积极调整了产品战略。针对当地特殊的耗材现状，他们不仅在喷墨领域推出墨仓式产品，以满足家庭及小型企业对后期使用成本的考量，而且还在激光产品方面，推出按需供粉系列产品，仅99元的原装粉盒，完美契合SMB企业用户对打印成本的控制需求。

对消费者而言，很难拒绝一款性价比高、使用简便、速度出色的打印机。为了持续简化打印机的安装、操作与管理流程，兄弟中国相继推出BRAdmin专业版4、ESAY SETUP、ADIA（兄弟驱动助手）等一系列创新软件，以满足家庭和企业用户在不同层面的操作需求。

正是凭借对于市场的敏锐嗅觉和坚持"顾客至上"的战略眼光，兄弟中国得以在研发和销售端迅速作出调整，通过持续创新为消费者提供差异化且高性价比的优质产品与服务，实现弯道超车。

成熟期：
扎根·风雨兼程（2012—2019）

第9章　｜　执行力，执行力，执行力

地缘政治冲突和金融危机的"余震"还在继续。

从2012年到2015年，用尹炳新的话来说，整个中国市场都是相对低迷、严峻且竞争异常激烈的。这让他在对兄弟中国的内部寄语中频频提及"困难"，也让这家努力在中国扎根、成熟起来的企业选择风雨兼程，在逆境中努力突围。

2012年，金融危机的影响持续，全球经济呈现出"三速"运行之势。其中，发达经济体在重负债、低增长、高失业和超宽松货币政策的所谓"新常态"下步履蹒跚，美国经济温和增长，欧元区和日本二度衰退，新兴经济体和发展中国家经济受外部环境拖累增速放缓[1]。

在内外需双双收缩的大背景下，中国经济的增长面临着较大的下行压力。面对国际环境的复杂性和不确定性，尚未稳定的市场信心和预期，使得国内经济运行需要重新寻求平衡的过程。处于这般环境之中的渠道经销商是直接的承压者——电脑城客流量锐减，顾客购买意愿降低，对价格敏感度增加，这让市场竞争愈加激烈，也导致了商品库存积压。

也就在这一年，兄弟中国的销售额在一路攀升中出现了创立以来的第一次下滑。

大海航行靠舵手。

在尹炳新看来，一名船长是否称职，不是看他在平时能否将船开得

---

[1] 《2012，世界经济蹒跚"新常态"》，新华网，2012年12月25日，http://www.xinhuanet.com/world/2012-12/25/c_114148677.htm?use_xbridge3=true&need_sec_link=1&sec_link_scene=im&loader_name=forest。

好,而是看他在突发情况下能不能做好预案,镇定指挥船员脱离险境而抵达目的地。同样,考核一名企业家能不能称得上合格的领导者,尤其要看在经济不好、市场困难的时候如何布局、调配资源,能够比别人"早做一步,做好一点",从而为形势好转时再次发力做好准备。

作为兄弟中国的掌舵者,这名船长始终保持着平稳的乐观心态。"我一直强调,越是困难的时期,越是爬坡的时候。过去了就是成长了。"他将逆境看成上坡的机遇,"困难的时候反而是开发空白地区和其他行业客户的机会"。

现实是残酷的。尹炳新的战略并非单纯地鼓劲或喊口号,而是秉持着逆向思维直面挑战,有勇有谋地逆流而上。他打出了一张试图力挽狂澜的牌——"化危机为契机,强化执行力"。

执行力,执行力,执行力。重要的事说几遍都不为过。尹炳新反复强调,"三流的点子+一流的执行力"永远比"一流的点子+三流的执行力"要强。

他提出,激励团队在危中寻机的同时,必须要鼓励大家打破惯性思维,懂得用新的方法和思路来解决新的问题,也要学会借力逆袭,在长远的布局中打出新的战术。

面对代理商当时的困惑和迷茫,兄弟中国在2012年的下半年,先后在华东、华北、华南、西南等地召开了数场核心渠道代理商的研讨联谊会,尹炳新和王剑波携各相关销售负责人出席,增进与代理商和经销商的良好关系之余,也对当下和第二年的市场发展方向作出指导说明。

现场,各地的核心代理商针对自己地区的实际情况发表了对市场的看法。从整体经济趋势的变化到地区渠道模式的变迁,从竞品的市场动向到兄弟中国二、三级流通渠道现况,从自身公司的组织结构到人员能力的提升,他们对当前的困难做了梳理和总结,也对下一步稳定并提升兄弟产品的销量提出了各自的想法。

在听取了这些代理商的建议后,尹炳新首先用客观的数据介绍了2012年度中国打印机市场的整体趋势和兄弟产品的市场份额变化,并在充分肯定他们在各自地区的工作成果的基础上,对部分代理商的不足之处做了针对性的点评。

"在当前的经济危机下,尤其不能小富即安,必须拿出以前从零开始的创业心态、干劲和对市场的敏感度,对当地市场进行更好的耕耘。"他这样对代理商们强调。

如果说了解真实现状是稳定心态的第一步,那么清楚未来的方向则是坚定信念的下一步。

尹炳新在上述会上明确称,即便在目前大环境不佳的情况下,兄弟公司除了继续对现有产品线进行丰富之外,还将推出一系列新的产品线,比如便携式打印机以及即将上市的高速扫描仪等,通过不断摸索、尝试和创新,让兄弟的产品持续紧跟时代所需。

新的产品对代理商而言,意味着销量增长的动力和实实在在的商机。随后,作为在商战前线带兵打仗的"将军",王剑波向代理商进一步阐述了兄弟中国在2013年的新产品战略和新渠道战略,希望各地代理商能够根据自己区域内的特点,强化组织结构,加强职业经理人体制建设,要求代理商对二级渠道网络进行扩充,并利用好丰富的产品线,更好规划细分销售渠道。同时,与兄弟公司相关人员一起制定各地的渠道分析、布点方案,开拓计划和时间表。

在这样事无巨细的执行和密切互动中,即使在全球经济降速的时期，兄弟中国的经销商数量也始终保持着稳定增长。

关于执行力，尹炳新自身也从来不止于表达。一个"打假"的小故事，至今为兄弟人所乐道。由于中国知识产权保护尚待完善，盗版或假冒的耗材屡禁不止。2012年，Brother集团和打假机构以及警方一起，针对标签机耗材展开了一场大规模的打假行动。此次行动根除了后续标签机耗材的假货销售，为色带众多的标签机守住了重要的利润来源，也为行业的规范和有序竞争贡献了一己之力。

也正是直面困难的这几年，兄弟中国的高端机取得了历史性突破，补上了原本薄弱的短板。

兄弟中国在内部成立了专门的行业团队，奔着高端机市场展开了一场"围攻"。为了打开行业机型的市场，他们从2007年开始启动的高端机渠道建设，也在2013年收获了量变到质变的提升——通过开发更多专业的系统集成商，加大与政府和行业客户接洽的频效，局面自此打开。

这一年，兄弟中国的高端打印机在集团内的国别销售公司排名中跻身前三强的位置，为兄弟中国该年度的高增长立下了汗马功劳。与此同时，兄弟中国全年的销售额在2012年的短暂下滑后迅速恢复正增长，并超过了2011年的水平。

"金融危机之后，中国提出了家电行业下乡，后来2011年前后，电脑也开始下乡。我就在想，打印机为什么不能下乡？"尹炳新敏锐地意识到，随着中国城市化的进程不断推进，县级和乡镇对于打印机的需求也必然会越来越大。在当时就已萌生出这种想法后，他结合大量资料学习，并将想法付诸行动，渗透到了团队乃至整个代理经销商体系。

2014年，尹炳新再次提出四六级市场开发的战略方向和指导意见，并在当年的战略合作伙伴年会上多次提及、阐述，督促代理商们真正下沉到县级市场。

关于四六级市场开发，更多是一个主动开拓空白市场的概念。这种对代理商醍醐灌顶式的提醒和督促，效果是深远且显著的，但也同时任重道远。

尹炳新很清楚，开发下沉市场对代理商而言，短期可能是吃力不讨好的苦差事，但长远看来却意味着无限的空间。

情动人心，理服人意。谈及长期价值的同时，他从来没有忽视过客观数据的重要性。他援引国际数据公司（IDC）的市场数据向全体员工分享道，2013年一到三级市场的销售台数为636万台，四到六级市场的台数为445万台，预测到2013年两项数字将分别为720万台和670万台，五年复合增长率分别为2.5%和8.5%。

"我当时请营业（销售）的同事粗略统计了一下兄弟中国的数据，销售台数的比例一时难以统计，但一到三级和四到六级代理商的家数大致为6∶4，这就不难估算出，我们的销售台数最多也就7∶3或8∶2甚至更低，与上面IDC的比例差距一目了然，痛感我们四六级市场的薄弱。"他表示，数据同时验证了2014年初正式向代理商们明确的四六级市场开拓是正确的。

当然，四六级市场的开拓确实存在投入大、见效慢等不利因素，但短板正是潜在且巨大的增量所在。事实上，近几年行动快的代理商已收获了成效，即便是收效较少的地区，在2014年打下了基础后，也有望通过后续数年的持续投入，在开拓四六级市场中取得实质性的突破。

尹炳新再次强调，要想实现这一突破的关键还在"执行力"，同时

2013年兄弟中国河南省经销商大会现场

还要有紧迫感,加快速度。

让他印象深刻的一个场景是,中国的人口大省河南拥有上百个县,区域纵深特点明显,尤其受益于四六级市场开发的概念和推进。2013年春天,在河南召开经销商大会时,座无虚席已经无法形容当时的盛况——邀请200来人,最后竟来了300多人,不得不在楼道里增加桌椅才能让大会继续。集体大会结束后,参会者还进行了分组讨论,以制定各自后续的营销策略。

这是兄弟中国在长期与省级代理商的沟通之外,真正直接触达四六级市场的尝试与探索。这也意味着,由省级代理商管理的二级乃至更末端的销售资源,正在兄弟中国深入下沉市场的倡导和实践中,迎来快速的壮大和爆发,这让市场疆域变得辽阔、超出想象。

根据河南省级代理商郭重功的回忆,只要真正下沉到了四六级市场,收获是极为显著的,"因为兄弟的产品性价比高,价格体系稳定,对下级经销商来说销售就是利润"。经过半年多密集的出差和市场攻坚后,他们开发了河南当地近9成的四六级市场,所代理的兄弟产品销量也实现突破,在2013年至2015年实现了两位数递增式的高速增长。

为了更好地开拓四六级市场,尹炳新还提出,要把二级以下的经销商归纳到兄弟中国直接的管理体系内,确保政策能够直接落到位,也有利于自身更好地管理终端销售,收集用户的及时反馈。当然,最终的管理和运营权仍然交给省级代理商,如此督促他们开发四六级市场,既是希望他们潜下心更多去了解和开发空白市场,也希望他们能够持续壮大自己的销售体系,让渠道更加多元化。

代理商和经销商是需要长期维护的。兄弟中国的代理经销商体系在稳定的增长之下,也在良性的竞争中优胜劣汰、吐故纳新。成为兄弟中国的省级代理商并无排他性,多数代理商会同时代理不同品牌的产品,容易受到影响,却也有着最为直观的比较。

如代理商所说,兄弟中国这样的省级代理商体系独此一份,将他们视为战略伙伴的价值观也让他们感受到了极强的归属感和荣誉感。他们中的大多数都跟着兄弟中国的发展不断壮大、升级,有的品牌和产品越来越多元,甚至发展出了自己的品牌,但都未曾削减兄弟品牌在他们公司的销售规模和影响力——市场蛋糕越做越大,兄弟文化的渗透越来越深,携手共赢的信念和长期主义价值感也越来越强。

对于代理商的销售布局,尹炳新提出,兄弟中国始终是带着市场的概念在开展销售活动,影响代理商们。"企业初创的时候,销量可能是第

2014年度社长奖表彰大会

一位的,发展了之后必须要有市场的概念,如何规划市场?面对各地经济特色的不同,如何融入市场的概念策划出针对性的活动?不同的做法会收到不同效果。"他认为,随着社会和经济的发展,市场的变化也需要他们更多去引导代理商的市场策略,"最近这几年和代理商沟通更多的是数字化转型和利用大数据分析市场,帮助他们更好地了解当地市场的情况、风土人情和商务习惯等等"。

在这样前瞻性的战略布局和脚踏实地的携手实践中,2014年,兄弟中国的销量和品牌力再度攀登高峰,不仅主力产品在市场份额上稳居前三,也在当年获得了Brother集团的社长奖。

同年,兄弟中国还参加了集团在名古屋举行的面向全球的"5大会",包括知识竞演展、技能大会、质量管理大会GQCC、环境5R赏、安全防灾大会。在知识竞演展中,兄弟中国以"面向中国市场打印机、一体

2014年尹炳新在"5大会"知识竞演展现场

机销售渠道强化——与行业经销商（MBS/SI）共同成长"为主题展开了分享，最终凭借优异的表现和赢得了市场肯定的布局方案，在激烈的竞争中拿下了"银奖"奖项，也为在华市场的突围画下了浓烈的一笔。

也就在2014年，兄弟中国在上海的总部乔迁新址，武汉分公司正式开业——一场向着下一个高峰攀登的旅程再度开启蓄力。

在这段并不轻松的岁月里，尹炳新在与员工和代理商们的沟通中，高频传递着逆境中化危为机的思考方式与心态。不断向上的大势中，暂时的波动始终被他坚定地视为历练的契机。

2015年，兄弟中国的打印机市场份额超过两位数，排名全行业第二。

其实，2015财年启动后的第一个月，也就是4月，兄弟中国并没能完成月度计划。"虽然有众多的原因，虽然大家尽了最大努力，但作为销售公司还是要以数字说话，没能完成月度计划我们应该虚心正视这一事实。"尹炳新在面向员工的全体会议上说，"当然我们也不能背上包袱。面对当前的不利局面及时调整政策，我想各地区负责人已经结合所辖地区做出了对应方案，希望加强执行力度、迅速实施……为了完成2015的最终目标、为了实现兄弟中国更大的成长，应该把暂时的困难当作历练，把危机当成机遇。"

这种逆向思维，让他所带领的团队在危机和逆境中非但不气馁，反而奔跑得更加带劲，也让这家百年企业在中国的年轻团队后劲充沛，韧性十足。

2015年5月11日，尹炳新参加了日本《经营者》杂志举办的读者聚会。作为此次聚会的三位主嘉宾之一，他向与会者介绍了Brother集团和兄弟中国的概况，并与出席此次聚会的30多家日企以及相关政府部门的来宾进行了交流。在聚会之前,他接受了这份杂志的采访,相关内容发表在了这一年的4月号刊中。这份4月号的刊头文,标题即《突破逆境》,这也成为尹炳新将逆境视为历练的注脚。

"我觉得这些内容很具有现实意义。"为此,他通过寄语的形式专门与兄弟中国的员工们分享了全部内容:

所谓经营,并不总是件一帆风顺的事情。相反,经营中处在逆境的情况反而更多。对于在与日本不同的中国市场不断提出挑战的各位经营者来说,也许更加深有感触。但是,逆境其实也是一种"历练"。

中国古典书籍《孟子》中有一节是这样说的:"天将降大任于斯人也,必先苦其心志,劳其筋骨,饿其体肤,空乏其身,行拂乱其所为,所以动心忍性,曾益其所不能。"

孟子所说的是,上天将要降落重大使命或责任于个人之时,一定会先对其进行一些磨砺,例如让你体验一些身心感到痛苦的不如意之事等。因此,会有人祈愿让这些磨砺来得更加严苛点吧。

松下幸之助曾说过:"人生绝没有绝路,所谓的困境、绝路,只是你个人感到'穷途末路'而已。"看来,即使是被誉为"经营之神"的松下幸之助先生遇到的历练也是相当多的。怀着"没有所谓的绝路"的心态,就能跨过困境、成就伟业,将突破困境之路上积累的经验活用于新道路的开拓。

"面对障碍时,在感到痛苦、恼怒、受伤、苦闷,并不断挣扎的过程中,人才可以锻造出人格。所谓障碍,是上天赐予的提高能力、磨砺灵魂、使人成为真正的人的一种历练。"

时任社长小池先生（左二）参观兄弟中国10周年展示区

这段话出自致知出版社藤尾秀昭先生。这可以说是藤尾先生历经35年间采访各界一流人士，并不断深入追求人生学的至理名言。

这些名为逆境的历练其实是上天赐予的机遇。突破它们，不仅能实现自我成长，也能完成更大的使命。

2015年，立身于兄弟中国成立的第一个十年之尾，尹炳新挥笔写下一首小诗，用以缅怀过往的一年，也开启了未来十年的展望之程：

回首二〇一四年，
市场低迷竞品繁。

兄弟伙伴同舟济，
份额增长佳表现。
竞争异常惊波澜，
商海沉浮多换盘。
大浪淘沙真金存，
唯我兄弟浪尖站。
增长路途多险滩，
营业一线挑重担。
毋分部门众志成，
共交一份好答卷。
感谢各位好职员，
感激合作佳伙伴。
感动众多善亲朋，
感恩总部鼎力援。
展望二〇一五年，
困难机遇伯仲间。
高速增长大方略，
齐心协力再挑战。
市场环境勿乐观，
两成增长不容缓。
渠道建设纵深拓，
兄弟伙伴肩并肩。
发展之路不平坦，
团队协作更规范。

全球宪章续传承,
挑战成长经考验。
十年弹指一挥间,
一五羊年尤关键。
二次创业启征程,
共建未来好十年。

第10章 | 把团队的积极性发挥到极致

将团队成员的积极性发挥到极致,尹炳新的经营哲学是信任、放权、追踪。被他称赞为"小体量、大导演"的顾慧是受益者之一,背后的故事也是这一哲学渗透在现实中的生动写照。

兄弟中国10周年庆典开启仪式

2015年,兄弟中国筹备在华10周年的纪念活动。作为设计和活动部门的一名普通主管,平时性格内敛、行动谨慎的顾慧,临危受命挑起了重任——成为兄弟中国当时历史上规模和规格最高的活动的"总导演"。

作为当时顾慧的上级,袁黎明这样解释选人的原因:首先,为了能在活动设计和筹备上实现最大程度的自主权,他们没有选择轻松的方

兄弟中国10周年庆典现场

式,将活动全部外包给第三方机构,而是由公司内部的团队从创意到执行再到现场把控,全流程覆盖、全权推进。

既然决定了交由公司内部的团队负责,那么就要选出执行层面的总指挥和第一责任人。在兄弟中国内部,如此重要的角色人选并不必然按照职级来定,而是结合员工平时的责任心、能力和专业性来"量能授官"。

"选人第一要选有责任心的人,其次讲能力。"袁黎明通过平时工作中的密切观察,看到了顾慧的强大责任心,也看到了她在活动设计和筹办领域的专业性,面对挑战时又不乏敢于钻研的探索精神。这让他果断作出了交权、甘当辅助的决定,"在灯光效果、场地设计这些具体的事上她比我更专业,交给她是最好的",至于跟公司汇报以及跨部门的沟通这些事，则由行政职级上更高的他来推进以提供支持。

自2008年进入兄弟中国，顾慧已是入职近20年的资深员工。这些员工多具有普遍的共性，其中之一即对自己足够了解，也与当前的工作高度适配。

顾慧戴着眼镜，模样娇小，平日里做事就喜欢制定计划，每一件事都会先精心做好计划，而后依照计划按期完成。她也很享受沉浸在自己的专业领域中，专注于细节。在她看来，上级领导对自己委以重任，是"比我自己更了解我"，不仅为她注入了信心，也为她提供了难得的机遇和平台——协调人数之大，活动规格之高，是前所未有的。

虽然日常工作中也筹备过小规模的团队活动，但面对从未接手过的盛大活动，她也不可避免地承受着巨大的压力。"当时每天晚上就睡四五个小时，负担和压力都很大。"耐不住性格里那股敢于钻研、迎难而上的劲儿，她只觉得自己"想把这件事做好的心情远超过了压力"，强大的行动力加上被信任激发的积极性，让她迅速化压力为动力，保持着高度的兴奋和忙碌状态，留下了"小体量、大导演"的传奇。

在前期筹备的推进中用11分的细心和信心去做每件事，到了当天"交卷"的现场，则降低预期保持淡定的心态，是顾慧得以成功掌控大场面的"秘诀"。在筹备过程中，她思考周全、关注细节，做事踏实，懂得团队协作，"每场活动都要创新，关键还在于团队协作的效率和信心"。到了真正的现场，她又想得很坦然，"只要把活动顺利做完，60分就是成功……每一场活动都或多或少有遗憾"。

通宵搭建场地、仔细确认物料、在现场淡定指挥，跟供应商和主持人等多方商讨和熟悉流程，这场由兄弟中国的团队全权筹备的在华10周年盛典，最终收获的远远不止60分，而是在场嘉宾的一致盛赞。

"那场活动,我都被感动了。"喜怒不形于色的尹炳新,难得用了感动一词来表达心中的赞叹。

2015年兄弟中国服务满10年员工合影

在活动之前,尹炳新在放权之余,更多的是给顾慧"减负","我和她说,整个过程流程不要复杂,纳入10周年的颁奖、回顾和感谢即可"。结果他提前看到会场时还是被现场的效果震惊了,"他们是连夜在干"。

活动结束后,顾慧扎扎实实地在家睡了两天。体力的短暂透支之下,是内心的充盈和如释重负的成就感。

在放权和信任中,兄弟中国激发了员工的积极性和主动性,也越来越多地发掘出了他们的潜能。

"我一直不知道自己能做到什么程度,领导给了平台,让我看到自己的潜能,原来100人能做到,现在能做到500人,下次甚至1 000人也能做到。"顾慧觉得,这种放权下的历练极大提升了她的自信心。

顾慧说,好比是让将军去打仗,必须要给他们调兵遣将的条件,同等赋予权力和资源,这种信任在现实中其实很难做到。尹炳新和袁黎明只在大方向上把控,细节上完全放权给执行层面,好比"航线定好了,运作都交给团队"。

她坦言,要做好带队打仗的将军,必须让团队充分理解自己的想法,至于一些决策层的事宜,则离不开管理层面的出面支持。这让她在兄弟中国感受到了越来越强的归属感。

也正是这样的体会,让顾慧不仅能够持续拓展自己的优势,而且在后续的工作中,进一步强化了对前线市场资讯和细微之处的把控,可以适时结合日常工作展开思索,从而在团队内部给出更多可行性的提议。

基于线下活动筹划和公关工作的经验,她在数字化的转型浪潮中更加关注社交媒体的影响力,并在执行经验的积累和思考中提出,应该根据中国的社交媒体趋势和用户喜好,主动开展实施数字化营销,建立用户数据库等。

"2015年我们做过通过微信进行打印Demo(小样),然后到微信小程序推出后,我们就想,是不是也应该搭建小程序这样的基建?"顾慧举例说,在做市场创新的时候,必须保持试错的心态,同时也要等待时机做合适的事。百年企业相对严谨的文化和体制,通常需要在内部对用户喜好、市场需求以及安全等方面进行周全的调查和评估。2017年,小程序的基建正式搭建完成,兄弟中国推出了微信公号和小程序联动的打印模式。由于想法已经过了沉淀,因此在推动时格外顺畅,从宣传到使用,再到出成果阶段,快速形成了通过小程序连接打印端口的服务闭环。

这也成了兄弟中国迈开数字化营销转型的重要一步。原本用户只能在网上注册,现在通过微信小程序就能注册,便捷程度明显提升,不仅帮助靠代理商进行销售的兄弟中国直接建立了庞大的用户数据库,而且在通过品牌吸引更大用户体量的同时,也让兄弟中国更加直接地获得消费者的反馈和市场需求的变化。

除了对自己了解和与工作岗位适配之外,兄弟中国的员工也普遍自律。这种自律支撑着他们对于日常工作的积极性。这种怀着责任感和驱动力的自我管理,与日本企业的文化和基因不无关联。

在兄弟中国的内部,几乎每一名员工,都会将微缩版的《全球宪章》随身携带,以便即时查看习读。尹炳新的那份就放在了工作证胸卡中。

每周一的全员晨会上,员工们都会对《全球宪章》进行解读,每场由3—5名员工轮流做,结合自身近期的工作和生活经历分享自己对于兄弟企业文化的理解和感悟。

这份Brother集团沉淀了百年的《全球宪章》,清晰阐述了基本方针和行动规范。

根据基本方针,集团经营的使命是在任何情况下以顾客第一为宗

Brother集团的《全球宪章》

旨，通过产品制造创造出优良的价值并迅速提供给顾客；在实现整体最佳的集团战略指导下，拥有明确的共同目标，作为自律型企业实施优良经营；为了及时应对全球市场的多样化需求和期待，不畏惧任何变革，以全球观念开展经营活动；积极实现信息共享，在既定的事业领域内有效利用有限的经营资源，在相互协作的基础上，在全球范围内开展以顾客为中心的事业一贯性经营。

在行为规范中，《全球宪章》强调了"对个人的信义与尊重""守法精神、道德伦理观"以及"挑战精神、速度"，明确提出：我们时刻尊重每个人的人格与多样性，带着信义与尊敬行动；我们遵守开展事业活动的所在国家和地区的有关法律法规，尊重当地文化，同时带着最高度的道德伦理观行动；我们时刻努力收集信息，带着挑战精神与责任感进行迅速的意向决定并付诸行动。

《全球宪章》好比是兄弟人的"圣经"，这家百年企业的价值观和愿景也就像是他们的"信仰"一般，引领着他们的日常行为和思考。

一开始有些部门尝试过组织大家一起学习的方式，但尹炳新坦言自己并不喜欢这种强制的学习模式，而是更希望员工在日常工作中，"当你在工作中遇到迟疑时，那就对照着《全球宪章》去思考"，作出尽可能符合公司章程和企业文化的决定。

自律的底线包含了尊重法律法规和道德规范，也容纳了个人的价值观和职业操守。因此，《全球宪章》所明确的要义，潜移默化地在兄弟人的骨子里留下了烙印，影响着这群人的行为举止和生命状态。

比如，面对市场形势不佳的境况，应该如何激发代理商、员工、最终用户和商业合作伙伴等利益相关方共同应对挑战？员工可以结合工作中的实操感受自发分享，从而在主动的提问和共同的集思广益中，生出源源不断的灵感和积极性。

　　作为兄弟中国的大家长，尹炳新坚持定期与员工一对一谈话，从工作中的困惑到家庭和生活中的烦恼，员工都可以在这场面对面的交谈中倾诉抒发。这位平易近人的家长，也很懂得观察和分寸的掌握。他会及时关注员工们的朋友圈，也会在需要时真诚聆听、给出建议，但也如君子一般点到为止，给予足够的尊重，这般长期逐渐建立起的信任为员工们的工作、生活注入了更大的底气和信心。

第11章 | "兄弟人"的自我进化力

在尹炳新的眼里,2016年"是难忘的一年,更是非凡的一年"。受整体经济以及需求疲软等影响,兄弟中国经历了创业10年以来最严重的危机。然而,善于在危中寻机的兄弟一如既往地作出了积极的应对和调整——2016年初,Brother集团发表新中期战略"CS B2018",提出"事业、业务、人财"三项变革。

尹炳新认为,很多人希望对自己的事业进行变革,但是又不愿意付出代价,"变革、挑战、成长是要付出代价的,就像治病,治病是要打针吃药的,要请假,要付医药费,如果连这些代价不愿意付出,说变革只能是一句空话"。

作为销售管理型公司,兄弟中国首先从事业变革着手——不追求像以往那样的高速增长,而是在改善收益的前提下实现稳步上升,目的是通过三年的优化整合和调整,增强厂家和经销商的体能,为再次发力、腾飞夯实基础。基于此,他们重新梳理了业务流程,对于渠道建设、产品资源整合提出了一系列重大举措,包括耗材及重点机型的增量、市场价格的稳定、经销商渠道利润的提升、核心经销商体系的建设等。

与此同时,兄弟中国还着手推动"人财"变革,对组织架构工作进行了优化,并且强化了员工的培训。在兄弟内部,人被视为宝贵的"资产",为了强调人的价值和重要性,故将"人才"称之为"人财"。在这种人才理念和变革之下,兄弟中国在人才培养制度上进行了大胆的尝试,其中一步即启动独具特色的领导力提升项目——"教练式研修",这也是教练式研修内置化的开端。

2016年,于2010年引入并持续推进的教练式研修进入了内置化通道。事实上,在"积极、明朗、愉快"的氛围中,不内卷的"兄弟人"能够持续自我进化的一大秘诀也在于此——从外部引入到内置化的教练式研修,在提升团队领导力和凝聚力上扮演着关键引导角色。

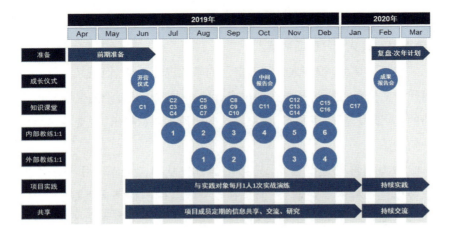

内置化教练式研修项目设计

坚实的内置化架构

内置化的动因不复杂。在经济下行、业绩波动的时期，降本增效是生存之道，也是顺应大势、修炼内功的重要课题。长期而言，一旦公司发展到一定规模，人才培养体系的搭建也显出越来越强的必要性。

为此，兄弟中国一改起初重金聘请外部机构的培训方式，选择"自力更生"——充分调动参加过培训的核心领导团队的积极性，让其以教官的身份，结合自身对于外部课程体系的理解以及公司内部的业务实践，形成系统化的基础教材，然后再根据工作中的实际场景为公司的"学员"授业解惑。

当时的行政部部长张燕是第一批教官。作为时任人力资源部门负责人，她花费了大量的精力在教材的整理、完善以及整个体系的搭建上。理论上，所有接受过外部机构培训的员工，都可以作为教官，将此前所学内化理解后，再结合各自实践输出分享。于是首批教官先从刚接受完培训的那批学员中遴选而出，"这样能确保他们所学的知识体系是最新的，记忆也最深刻"，然后再一步步扩大教官的团队。

最终内置化后形成的知识体系，与外部教材相距甚远。外部机构的培训本身也多是聚焦特定话题的思维方式与技巧分享，并无完整的系统化教材。这也意味着，内置化的培训项目，相当考验这些员工从学员到教官的理解力和输出能力。由于前期参加外部机构培训的学员多是各部门的管理人员或骨干，升级为教官的他们，也拥有更强的专业能力和动力来结合平时的工作思考进行引导。

在正式开课之前，张燕带着首批教官做了长达8个月的试课，"每个月讲一次，每一课试讲三次"，待课件在试讲中不断打磨成熟，教官在试讲中逐步适应了"讲堂"，再最终对外开讲。

现任行政部部长的商蕙，是和张燕一起推进这项内置化任务的主力成员。原本毫无教师经验的她，需要站在讲台上面对数十人侃侃而谈，她并不怯场。而这种输出需要在授课前作充足的准备，同时必须要对那些知识和理念深度理解，并融入自己的思考。

"和自己通过外部机构上课，只是听和记录完全不同。要能教别人，需要自己先消化，也就要求自己专注地去研究这件事，不仅对自身的能力精进有用，而且还训练我们在表达中去顾及其他人能否理解，又是否真正起到了带动的作用。"她觉得，这种看起来的输出，也同时是在自我输入和温故知新。

张燕也清晰地看到了内循环的显著效果："如果把员工派出去接受培训，不光要花重金，还要花时间脱产学。而培养自己的讲师，在降低培训成本之外，对讲师本身来说，也是继续自我学习和提升的过程。"一正一负的降本之外，让兄弟中国内部的员工来讲课，不仅能帮助他们自身更好地内化和训练领导力的思维方式，而且也因为这些"教官"更懂得兄弟中国的企业文化和业务实际，可以进行更加贴近真实场景的知识传播和经验分享，从而让学员最大受益。

当然，为了更好地教学，商蕙她们也专门学习了专职讲师的授课技巧。比如，如何在现场通过热身来让学员们互相认识，又如何通过一些技巧提高课程的生动性，从而抓住学员们的注意力等。

从目标设定，到现状分析，再到差距识别，最终形成决定和行动，为兄弟人专门设计的教练式成长营培训是层层递进的，也高度注重激发和驱动学员的自主思考。"我们的目标是通过不断察觉，最大限度地发挥各自的潜力，同时磨炼出自我思考能力，持续将想法转换为行动，全面提升积极性。"张燕在《创新文化引领业务发展，创新力量赋能组织业务——兄弟（中国）的创新培育机制》一文中这样总结。

教练式研修首期学员（在线）与教官合照

对于投入了精力准备课程的教官们，公司设置了从物质到荣誉，再到晋升相关的激励机制。这形成了富有活力的良性流动和"破圈式"发展。张燕举例说，广州地区的销售负责人，上海总公司日常对他的观察不多，但自从做了教官开始授课分享后，更多高层看到了他在管理、思考和表达等多方面的能力，也激励着他在兄弟中国实现更大的抱负。

内置化只是修炼内功的第一步，也绝不意味着闭门造车。在兄弟中国的文化里，"多元包容"既是使命，也是让团队保持向上活力的动能所在。

于是，在经过了6年的沉淀后，兄弟中国开始为教练式研修体系引入外部专家资源，作为关键人物以形成对内置化的挑战，从而进一步夯实这一体系的基石。学员的范围也在从内向外扩大。2017年，参加教练成长营的学员从兄弟中国的管理职扩展到省级代理等商业伙伴，并进一步完善确立了内置化体系，在强化销售能力的基础上，加强了提升领导力及管理能力的内容，在中国的人力资源领域开了先河，也在价值观的共享中，与商业伙伴共筑了双赢关系。

2019年7月的内部数据显示，教练式研修项目内置化后，共设立了内部教官13名，编写专属教材17部；实现人均成本降低360%，公司内新参加人数年均增长280%，代理商新参加人数增加150%；在参加人群覆盖率上，公司管理职（包含经理、副部长、部长和总裁）覆盖率高达100%，上级职（包含主管、经理、副部长、部长和总裁）覆盖率达70%，员工覆盖率85%（参与人数占员工总人数的比例）。

融入了兄弟中国企业文化和业务特点的内部培训体系，不仅打破了对外部的依赖，具有独一无二的特性，而且拥有持续的自我进化的能力。

整个过程中，学员会加深彼此间的信赖，也学会倾听，懂得及时反馈，并通过提案的形式将想法真正落地。这不仅践行了尹炳新"信任、放权、追踪"的经营哲学，而且也在包含商业伙伴在内的整个组织内构建了高度信赖、高效互动的良性局面。通过严谨的学分评定制度、纵向横向的多角度反馈、定期更新编制的兄弟中国的专属教材，以及内部教练专业性的提升，这一培训体系的质量和影响力持继增强。

作为战略指导官，尹炳新在一次内部的会议上这样定调：正是有各部门领导作为内部教练加入其中，很好地实现了项目之初自己提出的"推行符合业务形态的项目"这一期待。从对个人的影响，再到团队乃至整个组织和生态的影响，内置化掀起了成长的浪潮，也加速了中国业务的增长，"我相信大家所掌握的能力必将丰盈今后发展的可能性"。

教练式研修项目获"5大会"表彰

2019年,教练式成长营的模式获得了Brother集团"5大会"奖项,也获得了业内的广泛好评。在此基础上,兄弟中国也陆续将这种创新模式扩展延伸到了更多的人才培养项目和"人财战略"领域,在培育创新土壤、形成人才梯队的同时,也系统性地帮助商业伙伴解决经营、人力资源管理等问题。

兄弟创新研究院

对于不同阶段、不同层级的不同人才,尹炳新想得很清楚。公司需要为广大的员工提供更多元的成长发展空间、更丰富的学习资源、更广阔的创新实践平台,同时也必须因地、因时、因人制宜。

比如,新生代需要的是良好的入职体验和广阔的学习发展空间,中坚层则需要在丰富的业务实战中接受历练,以成为催化整个组织变革创新的主力军,而管理层需要持续接受更强的领导力训练。

经过反复的推敲和深层探讨,"兄弟创新研究院"项目应运而生,目标明确为"打造富有创造力的成长型组织"。

在落地中，根据员工的职级、能力和需求差异，兄弟创新研究院制定了针对性的项目和活动，主要分为启知院、匠心院和精英院三个层级，主要的模式即不断完善的"教练式"(coach)。

其中，启知院主要面向公司基层员工，开展"兄弟轻学堂"培训项目，围绕办公技能、职场思维等内容进行推送。轻学堂采用的是线上微课赋能，包含市场营销思维课程、职场技能拓展分享、沟通表达等众多维度的内容，利用在线听音频或阅览的方式，便于员工利用碎片化的时间进行业务技能的提升和思维意识的转变。这是一种公开、自由、易于互动的学习平台，会定期公布员工的学习状况以及学习成果，获得众人认可的优秀学员也会将优质的学习资源通过线上线下的形式即时分享。2021年，轻学堂的线上覆盖率达全社的91.70%，人均在线学习时长12小时。

除了线上内容，线下定期邀请90后和00后，开展创新、互相协作、职场技能等各种主题的"新生代同期会"，引发他们对职场发展的思考，并帮助新人在职场建立相互信任，拉近新生代的职场距离。

为了让大家能将线下学到的知识实际运用并有所产出，挖掘出新人更大的潜力和可能性，创新研究院还会对新人项目进行后续跟踪，建立社群，同时打造"兄弟创客营"项目——创客营通过收集新生代天马行空的想法，为创新项目提供支持。项目的最终掌控权与进度把控完全交给新人，并由新人公开演讲展示小组的产出结果。

在张燕看来，这样设计的目的是为了让新人在体验创新项目的同时，能感受自己是真正被公司所信任、所培养的一分子。无论结果如何，最重要的是，相信新生代并提供能让他们自由发挥的平台，挖掘无限可能性,这也是创客营的初衷。

匠心院主要面向公司中层员工,其中最为经典的即"兄弟教练成长营"项目。该项目为企业统一文化语言和构筑信赖关系打下了坚实的基础。教练项目的初衷是是对于组织想要实现的目标,让员工拥有自发性思维。通过大量教练式一对一沟通实践,运用教练领导力强化自身与团队的信赖关系。教练项目初期针对内部核心管理人员和高潜员工,高管担当教官,由教官带学员的方式进行授课和教练一对一实践。一年中,学员会与团队成员进行1 300余次教练式沟通。

根据张燕的观察,学员接触教练之前,大多以完成目标的思路去带领团队。随着教练的深化和拓展,学员更多地建立了与团队的信任度,运用教练式领导和教练式反馈等实用技能充分激发了团队中每位成员的潜力。

精英院则主要面向高层人员。由创新研究院挑选13位资深经理并培养他们成为教练项目的教官,每位教官需跟学员每月开展一对一的教练对话实践。高管教练们通过开展教练指导不断提升自身的领导力,引领内部变革,并渗透到核心经销商,通过提升他们的管理水平,促进其与兄弟中国之间的信赖关系,实现共同成长。精英院也非常重视公司中高层在战略决策、经营意识、文化共创等方面的统一。

在2020年至2021年的约五场董事长和部长分享会中,中高层参与率达80%。通过董事长和部长面向中高层定期开展的分享会,将企业文化故事与企业经营理念快速传递,部长们也将自身多年的从业经验和知识作分享,让更多员工了解企业故事和业务发展的同时,强化自身的经营管理形象,也让员工更加信赖兄弟的品牌与经营战略。

【教练实践案例一】

一般来说,教练成长营的实践为分组完成,每组三名学员。

(一)根据兄弟中国广州分公司营业部学员朱海川的分享,他们的小组首先结合业务(销售、管理、人才、变革等)实际,列出了自身所面临的困难。这些困难包括政府采购国产化导致相关渠道的采购需求减少,行业机器出货量下降;SI(系统集成商)进入了业务重组和洗牌及重新布局的阶段,也让销售增长遇阻等。

(二)在教练式成长营中,他们进行了一系列实践,通过加强对华南区行业代理和电商的管理和跟踪,最终完成了销量增长的任务。其中,3名团队成员分别跟进管理广州市285家电商,福建、深圳22家电商和广东20家国税供货商,惠州、东莞区域共15家行业代理商。

(三)整个过程中,他们练习运用了在教练式研修中习得的相应技巧。首先,在摸清客观现状的前提下,合理设定目标,并在前期设定每周/每月拜访客户数量、实现型号销量目标等硬性指标,然后定期回顾、跟踪和修正;其次,重点跟进行单。通过一同拜访客户,了解行业的需求后进行SWOT分析,再在小组内分配任务,然后每周及时反馈和跟踪,逐一击破。

其中,一名学员跟进管理广州约300家电商企业后发现,一大挑战在于找到电商的关键人物(老板或者决策人物)。为此,通过分析,他们锁定了关键的人物,通过上门拜访建立联系,然后通过产品培训,引导其推进行业机器的型号,并设定目标。通过建立沟通群,每月回顾进展和成果,他按计划达成了当月的销售目标。最终这名学员在跟进广州电商的行单中,经过共同推荐型号、参数锁定、产品培训、样机试用、资质授权、控制点单、价格监控等前后三个月的跟进、管理、控制与配合,成功中标了地方卫生局一体化采购的数百台订单。

(四)在整个教练式研修的过程中,他们收获了成功或失败的感悟。比如,要想找到代理商的关键人物很难一步到位,锁定目标后又较难建立信赖的合作关系,这让前期拜访的进程相对缓慢。为此,在工作中需要建立彼此的信心,并通过前期的拜访为代理商提供专业的建议,帮助其积累经验;在耐心之余,还要让团队和代理商主动思考,如何寻找到成熟的时机;在沟通中,切忌强加于人,而要学会讲道理,通过分享故事和经历的方式让团队理解并融入自身的思考;最后,建立拜访家数和型号销量跟踪的硬性指标后,还要对行业机器销售的进销存进行管理,以规避效率低下、目标不明确等影响任务推进的障碍。

【教练实践案例二】

这是兄弟武汉办事处高晗作为一名教练的心得分享。

(一)这组团队遇到的实际业务困难主要是某地IT托盘代理商出现了分家的情况,这让一家公司分成两家公司,也意味着团队原本面对一名代理商操盘的工作量,翻倍变成了两个。与此同时,销售市场恶化,托盘经销商的品牌中心偏移等,都让兄弟中国的渠道、行业、标签等销售团队面临着变化带来的新挑战。如何尽快适应变化,保持销售额的增长?

(二)作为教练,他给予了当地的渠道员工相应的指导。由于渠道员工入职不到一年,因此,遇到这种事他没有急于告知自己的意见或给出直接建议,而是通过平时的交谈,先了解该员工对当地市场以及核心经销商的掌握情况。然后再为他制定一个合适的小目标,请他先思考如何帮助经销商实现和谐分家,比如从产品型号的拆分到库存的分解，再到与新的操盘手建立良好关系，具体的每一步要如何做好。

在平时的多次交流中，教练没有刻意去问学员事情的进展和结果，而是通过聆听，先从他的语气和神态中来了解他对事情的掌控与化解能力，并在过程中尽量少用封闭的提问方式，而是采用开放式的启发提问方式。之所以强调这点，是建立在对这位学员的深入了解上——根据其"四种类型"的分析，他是一名促进者，对于工作保有热情，也充满了干劲，性格乐观，善于交易，总是正面积极地思考，因此激励性的提问于他而言更加有效。

当然，这名学员在与代理商的现实工作交流中也会遭受挫折，出现失落情绪，教练也在其中扮演了帮助其减轻负能量、提升正能量的角色，鼓励他在强烈的责任感下把事情做好。

经过半年的调整，当地的危机解除。托盘业绩相对前一年实现了接近30%的增长。

（三）在整个研修过程中，教练自身也有了更深刻的感悟。教练最主要的行为是聚焦问题进行沟通，但这种沟通不是直接问结果，而是建立在解决人与人之间的信任问题以及教练者与被教练者拥有共同责任感的基础上。这意味着，只有建立了信任，对责任和目标达成了共识，整个教练过程才可能有效。整个教练过程给他留下印象最深的是鼓励、提问、聆听。教练不仅通过聆听和提问来了解事情的发展，对被教练者进行自身分析能力的锻炼和培养，而且还要同时通过鼓励来让被教练者得到认可。

（四）当然，永远不过时也最重要的一点是，有了目标就要勇敢积极地付诸行动。

求变创新的"提案"

如果说内置化的教练式研修和创新研究院项目是极为重要的一大输出,帮助兄弟中国强化了团队及供应生态的组织管理理念,也形成了自上而下的文化传递,那么调动全体员工积极性、强调求变创新的"提案"则是从下而上的一种反馈,为兄弟的文化营造了更加流动、具有共创活力的氛围。

创新向来是日积月累的过程,需要不断累积的创意,也需要采取有效措施将创意落到实处。"提案"的形式和活动作为兄弟人的创新载体一路运行至今,其初心是希望全体员工都能有机会成为推动公司未来发展的主人——只要有创意,任何员工都可以通过提案表达自己的想法。

公司设有专门的事务局,会对提案进行分类和汇总,然后交由公司提案评审团进行评审,最后将提案采纳结果反馈给员工。提案核心评审团由各业务负责人组成,采取多角度评审,并根据提案内容邀请不同的高管进行多维度考量,以兼顾灵活性和客观性。

多年来,提案项目在优化升级中实现了质的飞跃。自2021年以来,公司收到改善类提案共计80件,创新类提案共计94件,一直保持提案热度不减的良好状态。

第12章　｜　中国自主研发提上议程

对于任何一家跨国公司而言，全球化的产业布局都是动态的。随着各国产业的发展和比较优势的变化，全球化版图和投资重点也会根据经济原理和商业逻辑持续调整。

跨越了多个经济周期，走过百年历程的Brother集团也不例外。

早在100多年前，Brother集团最初的奋发动力，正是为了打破日本缝纫机市场被欧美厂商垄断的格局，下决心要实现国产缝纫机的生产制造，然后"将进口产业转变为出口产业"。如果说在日本的国产化是集团的第一步，那么壮大出口产业的全球化就是其第二步，而在中国开启的产业布局和制造本土化，毫无疑问是Brother集团全球化布局的关键一环。

早在1991年就在广东珠海创建了制造基地的他们，在中国这片投资热土上经历了从家用缝纫机生产到工业缝纫机制造，以及打印机、标签机等多品类的生产和销售，进而形成制造、研发和销售管理一体化，长期占据当地市场头部地位的黄金时代。随着在中国本土化的深耕，这家百年企业在不断实现自身发展的同时，也对中国的比较优势变化有着精准把握——在过去的近30年里，中国的比较优势从原来的要素价格和制造成本相关的优势，逐渐变成了市场以及全球产业链竞争力等方面的优势。2010年左右，原本在中国的部分制造在全球化的布局调整中转移到了东南亚等成本更低的区域。

Brother集团在中国市场积累的制造和管理经验，通过"走出去"的形式带动了产能相对落后的东南亚地区的发展，也支撑着Brother集团在全球的韧性发展。

对于中国市场,集团的重视从未减弱。它不仅将境外唯一的研发中心设立在了杭州,兄弟中国的销售和管理任务在集团的重要性也会越来越大。

2018年1月底,尹炳新在参加第三季度Brother集团全球扩大战略会议时,与相关部门进行了深入的沟通。2017年,兄弟中国的销售业绩得到了总部经营层以及事业部门的高度评价——全球扩大战略会议上,兄弟中国的达成率和同期比等数据,相较于其他区域公司而言均相当突出,标签事业甚至部分弥补了未达成的区域。

尹炳新在感到欣慰的同时,也看到了团队可以作为的空间。他清楚地看到,作为集团的五大区域公司之一,兄弟中国在Brother集团销售额的整体占比还很低,要想真正实现兄弟中国使命和理想中所述的"成为集团成长战略的核心,不断追求更高的成长",兄弟中国还有很大的成长空间,也仍然需要不断的努力。

尹炳新在总部向当时兄弟工业株式会社的小池社长进行了当面汇报。小池社长充分肯定了兄弟中国的业绩,并对今后几年的成长给予了极高的期待,同时提出,不仅仅是现有产品,还应该从商品企划的角度与滨江兄弟的研发中心共同合作研发出中国本土的新产品。这一想法早在2014年总部举办的区域公司社长演讲中,尹炳新就已有构思,"我当时就想,不能只是做总部研发的延续,而应该有更多本土化的自主研发",事实上,这也是过去几年兄弟中国与滨江兄弟的相关人员一直在不断探讨的事。此次沟通,意味着Brother集团高层明确要将这一构思作为今后的重点课题,提至更高的议事日程当中。

2018年上半年,尹炳新在总部出差时与滨江兄弟的总经理碰了面,当即决定要专门成立一个中国自主研发团队。由兄弟中国负责收集、整理、挖掘用户的需求并进行一系列策划，双方根据用户需求来开发硬件产品和软件系统。

这也就有了前述"产品价值为王"背后的联动以及兄弟中国和李鹏他们的故事。在尹炳新看来，这是集团对于中国市场越来越重视的体现。而中国团队在推动自主研发过程中的主动性以及对市场的精准洞察发挥了不可言喻的巨大作用。

作为Brother集团在海外设立的唯一一家研发中心，滨江兄弟的发展以及多方联动推陈出新的自主研发，足见集团对于中国市场的支持。在此基础上，总部还在源源不断地增加对于中国市场的技术支持，如果是杭州研发中心解决不了的技术问题，总部会迅速派驻技术人员来指导解决。

兄弟总部近年来对于中国市场的重视加码，不仅在于紧贴中国市场为其量身定制产品和方案，还体现在把越来越多面向全球的产品和技术服务放在中国首发、首展、首秀。这片全球投资者青睐的热土，因其庞大且活跃的市场以及成熟强劲的产业链，正在成为大量国际品牌创新的策源地。

作为世界上第一个以进口为主题的国家级博览会，自2018年开启每年举办一次的中国国际进口博览会（下称"进博会"），Brother集团一届不落，并且每一届均全权委托给兄弟中国举办，即由兄弟中国牵头，汇集集团在华所有子公司和关联企业参与，旗下所有品牌和技术产品在进博会上整齐亮相。

每一届的进博会，都有大量中国自主研发的新品和更适合本土消费需求的方案借此推向全球，也展示了兄弟的技术和服务方案跟随时代变迁不断突破的发展脉络。

尹炳新在首届进博会上接受媒体采访

比如,在第四届进博会上,Brother集团在现场全球首发了HAK180烫金机。该新品体型纤巧,搭载了"多页连续烫金"和"无版烫金"技术,烫印流程得到大幅简化,而烫印效果依旧清晰精研,集"便捷使用体验"和"精良烫印品质"于一身,可以广泛适用于各类场景,满足多种用户需求。

在第五届进博会上,来自兄弟的新品彩色喷墨多功能一体机首次揭开面纱,开创了"按需打印、按页付费"的文印新模式,为中国的家庭用户带来了更具性价比的打印服务。无论是根据中国用户的色彩审美习惯做的色域优化,还是智能防堵头模式和高速打印喷头等功能,都是更适合中国本土消费者的细节进化。

Brother集团对中国的重视不降反增的另一个细节是,在疫情后全面恢复线下举办的第六届进博会上,兄弟工业株式会社社长作为集团最高级别的高管,第一次来到了进博会的现场。"那时签证还不是很方便,但社长非常支持,坚持来了。"尹炳新还记得,社长当时的行程安排得很紧,三天的访华行程后,"从中国回去的第二天就得参加总部召开的董事会会议"。

张燕与时任集团社长佐佐木一郎现身2023年的进博会

第13章 | 百年日企的首位"中国人董事长"

2018年4月,尹炳新收到了集团正式的任命通知,成为了兄弟中国的董事长兼总裁。

这是有着110年历史的日本企业,第一次由一名外国人担任区域公司的董事长。这既是Brother集团本土化升级的力证,也是尹炳新凭借个人能力打破日企文化传统的里程碑式突破。

身份和头衔的变化背后,是这家百年日企对这位中国企业家的高度信任。

打破传统需要时间,也值得等待。

对于这个身份,尹炳新并没有"等待"的心态,也不曾有"迟到"的感慨。他觉得,踏实做好当下,才是最值得关注的事。

在正式任命消息公开后,他收获了大量的祝福与贺词,这些祝福来自朝夕相处的员工、分布在各地的代理商,更有远在日本的高管与同仁。

对于兄弟中国的中高层人员来说,在正式任命公布之前,他们便提前获知了相关消息。"营销会议结束后大家一同用餐时就听说了,当时是很惊喜的。"袁黎明仍记得彼时的心境,同事间针对这一喜讯的庆祝活动也由此提前至了那一晚。在当晚的聚会中,他们开启了一瓶佳酿,沉醉于欢愉中。

也就在这一年的12月,尹炳新因为推动Brother集团在中国的深耕和突出贡献,于"2018中国经济高峰论坛"上获评"改革开放40年·中国经济40人",成为榜单中极少数的跨国企业在中国的代表人物。

同一年,他所带领的兄弟中国团队,也凭借创下历史新高的业绩表现荣获了Brother集团的"社长奖"。

作为见证着尹炳新一路成长的前辈,于2016年退休的成田先生在得知一连串的好消息后,给这位当初的中国年轻人发来了祝贺。他认为,经过了十多年夯实基础和内部建设的努力,兄弟中国终于做到了真正的"现地化"——一直由日本人担任董事长的传统被中国人打破,也在中国市场上书写了日企现地化的新历史。

2019年12月,尹炳新再次摘得重磅荣誉,荣登"中国经济70年功勋人物"之列。

尹炳新荣登"中国经济70年功勋人物"之列

对尹炳新而言，"无论是新的任命也好，集团内外获奖也好，都不是对我个人的认可，而是对我们整个兄弟中国所有人——包括代理商合作伙伴在内——这么多年共同努力的认可。我个人是在企业的平台上获得管理实践的机会，对于这一切，我衷心感谢"。

远在日本的Brother集团高管们对于尹炳新过去30多年的工作成就表达了极高的认可和赞赏，也毫不掩饰他们对于这位中国企业家的重视与信任。

不管是一路以来的共事经历还是基于个人的情谊，成田先生都把这位已成长为中国企业家领袖的晚辈视为自己"最信任的中国人"。他说，当时所有人都在提现地化，但能真正做到现地化的人并不多。而尹炳新完成了最初的使命，"他对于兄弟最大的贡献，在于把兄弟中国打造成了现地化的企业。这么多年从未离开，一直陪伴至今"。

从初入兄弟未满而立之年到如今的人生半途，让尹炳新感到宽慰的是，日本总部的高层管理者看见了自己的成长，也切切实实见证了兄弟中国以及中国市场的蜕变。

第14章 | EMBA班里最年长的学员

56岁"高龄"去复旦大学就读EMBA,颇有些戏剧性,也并不在尹炳新原本的计划中。

用他的话来说,这是在一场酒局上萌生的想法。年龄相仿的老友、资深媒体人曹启泰的一个建议,让他懵懵懂懂地在时隔38年后重新进入考场,开启了重返校园的通道。

一个受到了百年日企终身学习价值观浸润的领导者,要的或许也只是一个契机。

虽是时隔30多年重返校园,但尹炳新的学习进程从未停歇。自从投身Brother集团,特别是2003年赴任上海后,集团内部大量持续更迭的"通讯教育",类似于企业经营和管理课程,他均趁着工作之余的闲暇时刻尽数研习,这也意味着他实质上早已达成了MBA学业的要求。

在这样的基础上,综合考虑学校的情况以及学习与工作、生活的平衡,尹炳新最终选择报考复旦大学EMBA。

久经沙场的尹炳新,虽然业务及管理能力站上了顶峰,但终归已离开考场38年,尹炳新自知自己的应试能力颇有些生疏了。作为20世纪80年代的高考生,他将面临的通识考试内容也今非昔比。"心里其实没底,虽然考题不会很难,但和年轻人不能比。"为此,尹炳新专门参加了复旦大学针对EMBA考试的培训课程,并自觉学完了所有的在线内容。在用心的准备下,他最终成功通过全国硕士联考,踏入了这所秉持"博学而笃志,切问而近思"校训的高等学府。

在参加全国联考之前,尹炳新曾想过,若是未能通过此次考试,那么即便不要学位证书,也并不影响对应学知识的获取以及应当完成课

尹炳新,复旦2018EMBA班里最年长的学员

业的达成。对于迈过了知天命之年的企业家,已然不会在意一纸证书,荣誉等身的他也早已无需来自外界的证明。

2018年秋天,尹炳新顺利成为了复旦大学EMBA班里最年长的学员。他还记得,"班里最小的同学,只比我的儿子大一岁"。恰在他攻读硕士的同一时期,他的儿子正在美国一所高校攻读研究生。

作为班里最年长的学员,与同学们在一起,他竟是最合群的一位,也是深受信赖的老大哥。但其实,他温文尔雅的形象和始终晏然自若的气质,不管是在班级里还是人群中都显得突出。

这位老大哥不仅仅自己迅速融入了新的集体,自觉精力不及年轻人的他,还在懵懵懂懂中被集体推选为了班长的竞选者,并在自发形成的后援团的鼓励下,走上了台前,即兴发表了竞选词,也凭借最高票当选了班长。

"和年轻人在一块挺好的。"尹炳新一如既往地保持着一颗平常心,也享受着与年轻人在一起学习交流的时光。

他在一次重返母校的演讲中,对着在校年轻人作了主题为"心存感恩之心,持续保持学习力"的分享。他提出,在经济学中有价格和价值两个概念,价值是商品本身所具有的一种性质,是固定不变的,一般通过价格来体现,而价格是由供给和需求的相互影响和平衡所决定的。然而,价值又不是一成不变的,"不去学习充电,吃老本是要被淘汰的,现在不断学习,让自己的能力再上一个台阶,就是让自己能在不确定的未来中立于不败之地"。

在接近耳顺之年重返校园成为一名学生,尹炳新的身教言传,不论对子女还是下属,都是一种莫大的激励。

"谁都没想到他这样的年龄和地位会再去读书。"张燕觉得,这种持续学习的以身作则和不因年龄设限的勇气,对周围人的影响是巨大的。

对尹炳新而言,除了与年轻人一起汲取新的知识,打开新的视角,能够把过去多年经营管理公司的实际操作经验理论化、提炼总结,收获也是显著的。他发现,自己在实战中推行的企业发展战略于教授的理论体系中获得了有力的验证。这一次系统的回炉深造,让他感受到了凭借理论来武装自身的诸多裨益,也有了能够更明晰地把发展策略理念传递给下属的动力。

"有时候我与下属交流,他们会说感觉近来尹总的变化真大。"谈及这些,向来沉稳的尹炳新难得地流露出一丝得意的微笑,"我便会对他们讲,我什么时候停止过进步呢?"

不只是温故而知新,在不同的年龄和阶段,从实践中提炼出智慧的视角与能力,也都有着巨大的不同。再加上来自国际顶级教授关于世界经济、大国博弈等与当下动态紧密相关的分享,帮助他进一步开阔了视野,让本就开放和持续学习的他,在对内对外的分享和对代理商的企业诊断中,比以前有了更强的说服力和能量。

2021年2月,尹炳新完成了EMBA的毕业论文,写下了以兄弟公司为例的《百年日系企业本土化战略创新的探索》,为自己近30年在兄弟的管理实践做了一次上升到学术层面的系统性回顾与思考,也像是浓缩了30年过往的高度总结,为跨国企业在中国的创新探索留下了浓重的一笔,贡献了打着鲜明时代烙印的历史性样本。

在这本厚达75页的毕业论文中,尹炳新研究分析了百年企业兄弟进入中国后在本土化转型方面的举措,从企业面临的全球市场变化,到针对中国市场的经营体制和商业模式推出的营销本土化、产品研发战略、人才本土化战略,这位亲历了与中国相关的所有战略制定和执行过程的创业家,详细论述了整个演变路径,并重点呈现了在乌卡时代瞬息万变的市场环境下百年企业做出的创新与应对。

从生产基地到销售管理和研发中心,从珠三角到上海乃至全国,从中国的人工优势到供应链和技术优势,尹炳新在论文中精辟总结了这家跨国企业在中国的变迁,也折射出顺应甚至引领中国及全球产业链变迁的决策智慧。他一针见血地指出,整个过程中,Brother集团的一大优势即对于中国员工的高度信任和放权任用。

"早在20世纪80年代,Brother集团便开始在华布局,选择当时经济最为活跃的珠三角投资建立制造基地,从起初承担键盘组装,之后逐渐转为生产标签机、激光打印机、激光多功能一体机和彩色激光多功能一体机等产品,逐步成为集团最为重要的生产基地之一,也可从中看出产品阵容发展演化的历史。"

他在论文中直言,当时深圳工厂的最大优势在于人工成本,远远低于日本工厂。让他感到欣慰的是,当时兄弟的管理层非常愿意信赖中国员工,大胆采用中国员工成为中高层领导干部,激励了当地员工干劲与信心。最终,中国员工通过积极学习技术,不仅按照日本总部的技术要求来完成生产，而且还进一步拓展了工厂整体生产能力，为后期不断升级工厂规模和体量提供了基础依据。

在供应链实现本土化的同时，Brother集团还在市场端一步步形成了本土化的格局。

尹炳新在论文中总结道，瞄准不断增长的中国市场，Brother集团一开始通过与当地企业成立合资公司，快速确立了行业内的地位和市场的占有优势。随后紧随国家政策，在上海、西安等地成立独资公司，通过对质量的不懈追求，为开拓新的市场奠定了基础。

随着中国事业规模不断壮大和改革开放的进一步深化，Brother集团开始筹备长期的事业布局，最终形成了按照事业单元来划分的销售布局。Brother集团依据中国的市场状况、行业布局来建立销售公司，打造了独特的商业模式，这成为了Brother集团在华业务突飞猛进的最重要的核心业务成果。

针对已有实践，尹炳新在回顾总结中结合理论的深层思考，提出了跨国公司本土化经营的未来建议。

他在论文中提出，Brother集团在华本土化的过程中需要进一步深化创新，特别是结合中国市场变化，持续进行转型思考，比如经营管理创新的完善，顾客导向型产品研发理念的深化等。数字化转型是当下最为热点的话题，也是Brother集团未来在华的生存话题，实际做法必须与企业方方面面的发展相结合。同时，还要注重跨文化管理，在不确定时代下更加注重危机管理意识和危情领导力的培养。

尹炳新的这些建议，既是老骥伏枥，自觉地在敏锐的洞察中持续为兄弟中国把握方向、注入强大能量的思考，也是自上而下、承前启后，为年轻团队和继任者提供思路和借鉴。

创新期:
创新·百年传承（2019—2025）

第15章 | 酝酿了7年的交棒

对于关键人才的培养,兄弟中国向来重视。

每年的工作计划,公司的各部门负责人除了列明当前的工作重点,还会备注上候任者。

尹炳新是从还没被正式任命为兄弟中国董事长的时候就有了锁定继任者的想法。

2016年,作为兄弟中国的总经理,尹炳新开始思量接班人选。

在他看来,要能带领兄弟中国继续走下去,不仅要对这个团队以及中国市场充分了解,而且还需要拥有大局观,并且在实战中练就企业管理的全面能力。从日本总部的空降人选很难说是一个好的选择。

通过十多年的长期观察,尹炳新将目光聚焦到了张燕身上。他见证着张燕从基层开始,一步步走向部门管理者的成长,也看到了这名拥有留学背景的年轻女性比周围人更宽广的视野和高度。

"对我来说,审视一个人,重点在于此人是否具备高远的发展潜力,以及大格局和高站位,并非仅仅着眼于某一方面的能力,而是需要实现全面发展。"他觉得,要成为一名企业领袖,能力和思维上的高度与广度是必须具备的。

作为当时销售部门的主力,张燕展现出了潜力,但显然还需要成长。2016年,尹炳新鼓励张燕离开入职以来一直驻守的熟悉岗位,从销售部门转岗到行政部门,负责人力资源、法务、总务等综合职能的管理工作。

这样的建议,源自尹炳新基于亲身经历得出的感悟。对于销售管理型企业,销售和市场部门是最受关注或倚重的,但是他在担任总经理之后，注意到了人力、财务这些部门和市场及销售部门的不同之处，也深感这些部门可以发挥作用的空间。

一方面，他希望张燕掌握打通部门间壁垒的密钥，"只有真正去人力部门历练过，才能在日后公司规章制度的完善上有更好的把握"；另一方面，他也期待这位年轻的候选人可以担当重任，建立起一套更加完善的人财体系，以打破可能的天花板，更长久地提升公司内部整体发展的空间和人财及团队建设。

从性格上来说，在销售上能够独当一面的张燕并没有那么强的好胜心，游刃有余的能力也让她在工作中保持着幸运者的松弛，但尹炳新看到了她"佛系"表面下的认真与韧性。

事实上，这也与尹炳新的性格相似——不追求表面上的名利，行事中善于聆听并懂得在关键时候后退一步，而非强行说服他人执行自己的决定，从而充分激发团队的主动性。在懂得放权的同时，始终对于交给自己的任务怀有责任心，会在积极的思考中巧妙借势，推动目标的实现。

放权、信任、追踪，贯彻这样的经营哲学，正需要看似"佛系"的领袖智慧。"特别关键或紧急的决策之外，很多事应当尊重团队的意见，让时间和实践去证明。"

和尹炳新的人事关系在日本总部，并在总部有过多年的工作经历不同，张燕是兄弟中国公司的雇员，因此她在平时的工作中与总部的交流甚少。这也意味着，要让总部接受一个并无多深印象的中国雇员，并且还是女性雇员来接棒，几乎完全凭借尹炳新的一己之力，也极大考验着这位砥柱中流的才智和影响力。

2018年被正式任命为兄弟中国的一把手后，掌握了更强话语权的尹炳新开始与Brother集团的高层沟通下届董事长的候选人，并明确提出希望能在中国的团队中找出继任者。

近20年的出色表现和信任积累让他收获了来自总部的高度认可，在中国相关事务上一言九鼎的他也颇具发言权和说服力。

对继任者张燕而言，从日本回到国内开启的职场，每一个关键点都受到了这位"伯乐"的指点和启发。

她把自己在兄弟中国的成长分成三个阶段。第一个阶段是入职初期，从日本高校毕业并在外企短暂工作过的她，以销售总监助理的身份进入了兄弟中国。不过28岁的她怀着对于良好生命状态和精神的追求，对于事业本身却并无多大野心。"我在职场属于比较佛系的，事业心是在兄弟中国养成的。"从2003年入职到2016年，张燕用了13年实现了从一名职场小白到职场管理者的蜕变，"一路做到区域主管、经理，负责三个大区的销售部长"。

她坦言，入职的时候并没想过会在一家公司工作这么久，还能如此顺利。这与中国加入WTO后，在华外资迅速发展的大环境不无关系，也与兄弟中国本身的成长以及整个职场氛围有着巨大关联。由于进入的是一家百年跨国企业在中国的"初创团队"，张燕从一开始就有了和尹炳新近距离学习和交流的机会，"我会向他定期汇报工作"，领导者渗透在细节中的品质她能直接观摩，她的进步、能力和悟性，也被用心识人的领导看在了眼里。

第二阶段是从销售部门转去行政部门的7年。尹炳新向张燕提出了转向行政管理岗位的建议，这也正是他酝酿了7年的交棒的开端。"是他看中我，也是他说服我的。"张燕在职场的心态更像是顺水推舟，也可见她的张弛有度——在一个很多人看来对女性而言并不具备优势

2016年张燕最后一次以销售的身份出现在战略合作伙伴年会

的销售领域,她反而看到了自己的优势,并凭借自身的能力带领团队一起撑起了公司近半的营业额,"有团队的强大支持,我的那个角色是有掌控度的,不管市场如何变,我们都可以随时调节自己的状态,表现不会太差"。

为此,从熟悉的营业部门转岗行政意味着一切归零,她在一开始并非没有迟疑,"我问过他,能不能不去?他不置可否,只说了一句,如果相信我你就去,能够找到不一样的状态"。

这样的话完美击中了她的内心,"我觉得这话有点意思,也引起了我的好奇,想试试他说的是不是真的"。

除了尹炳新为她引路,现实中的时机与"人和"也给予了她极大的善意,"我原来岗位的老板也起到了很大的作用,我和他在工作中有很高的默契,他同意我离开,并认为这对我来说是好事,无疑给了我更大的勇气去认真考虑转岗的建议"。

转岗行政部门进入兄弟中国的经营层,这意味着,她需要更加独立地去做决定,思维须从中间的管理者转变为决策者。

她也会去想自己的转变对于团队的影响,"我如果一直占着原来的位置,团队下面的人也不会有成长",这样的调岗为销售团队的年轻人才流动和轮岗提供了机会。

对于自身的职业生涯而言,如今回过头看,张燕认为,如果没有接受尹炳新的建议,缺失了转去行政的经历,那么只有两种可能,要么"躺平",最多升至负责销售的副总裁职位,要么离开兄弟中国,"他说服我去做行政,是为我打开了另一片天空"。

新世界的开启,激发了她的主动思考和再学习。2016年4月转岗行政,同年夏天她就决定去读EMBA,并于当年年底入学,2019年顺利毕业。2020年,她升任兄弟中国的副总裁。

第三个阶段以2022年10月为起点——张燕正式从尹炳新的手里接过了权力棒,开启了继任者的生涯,晋升为兄弟中国董事长、总裁。

虽然从继任者的挑选到培育,尹炳新提早酝酿了7年,但让日企继续聘用中国人来做董事长、总裁这件事,仍有不小的变数。

"没有想到自己能坐到这个位置,估计90%的人都没有想到。"张燕很清楚,一方面,日企聘用中国人来做董事长和总裁的情况至今仍然是少数,这一传统也不过是在尹炳新的任期内刚刚被打破;另一方面,她是兄弟中国招聘的本土员工,与尹炳新以Brother集团总部聘用的身份派驻中国负责在华业务的情况不同。最终能够成功继任,受益于集团长期以来对于中国团队的信任与放权,也与尹炳新的努力以及多年来自身的优异表现紧密相关——他的能力与带领中国团队取得的成功,让总部更加确信中国市场的重要性和本土化的价值。

2022年9月16日,集团总部正式宣布了对于张燕的任命,"那天正好是我47岁的生日"。她将这一天视为人生再次升华的重要节点，也深知这种职场的机遇，不是每个人都能遇到。而她有幸在这样的大时代，遇到了伯乐，也成为了女性跻身跨国企业管理层的幸运儿。

女性、中国人面孔、真正的本土雇员，这些关键词与百年跨国企业、董事长和总裁的标签形成了冲击，也创下了继百年日企首位中国人董事长后，又一历史性突破——首位"中国女性董事长"。

近年来，社会平权思潮日渐繁盛、企业ESG愿景热度攀升，职场中的性别平衡也越来越受到重视，注重发挥企业社会责任的跨国公司快速推动着团队在性别等方面的多样性，也涌现了越来越多的女性高管。"中国速度"不甘落后。

2023年度研究报告《女性董事比例进度报告》显示，MSCI全球指数所涵盖的大中型成分股企业的董事会席位中，2023年女性董事占比为25.8%，较2022年略高一个百分点。女性董事比例达到30%或以上的成分股比例从2022年的38%上升到2023年的41%。该报告提出，尽管董事会层面女性代表的比例总体上取得进展，但全球范围内包括董事会主席在内的领导层职位仍然由男性主导。2023年仅9.1%的董事会主席和6.5%的首席执行官职位由女性担任。在亚太地区，2023年女性担任首席执行官的占比提升了0.9个百分点，上升速度快于全球水平。①

对兄弟中国而言，尹炳新酝酿了7年多的交棒决策，以及Brother集团一直以来对于中国团队的信任和越来越充分的放权，则是促成这家企业女性高管比例大幅上升的关键。除了张燕，兄弟中国的首席行政

---

① 《MSCI：2023年全球董事会中女性代表比例改善》，搜狐网，2024年3月8日，http://healthnews.sohu.com/a/762784169_121857546。

官商蕙也是公司六名领导成员中的中国女性,超过了Brother集团设定的具体可持续发展目标——各层管理人员的女性占比约达30.3%。

作为新任兄弟中国的董事长、总裁,张燕已经全面接管了经营,在众多场合站在了台前,而尹炳新作为强有力的后盾,仍然长期奔赴在第一线。

交棒后的每一届进博会现场,他还长期"驻扎"在现场,时常坐在专门设立的接待区,等待着政府、客户、代理商们的到来——为兄弟中国积累了几十年的人脉资源,他仍在用心地经营着,也试图在亲力亲为的承担中为继任者作一些分担,也多给一些熟悉、接棒的时间。

第16章 | 格局比能力更重要

商战中的运筹帷幄和排兵布阵背后，藏着决策者的格局和价值观。

在尹炳新看来，掌舵者的大格局比能力更重要。这种格局体现在具体的行事上，也体现在识人、用人和培养人才上。企业家的格局是让整个团队在变局中长期保持生命力和竞争力的源泉。

在中国成长、接受高等教育，又在国内和海外都有过深度工作经历的尹炳新，对多种文化深谙于心，可以清晰地看到不同文化之间的差异和优势。他认为，中国传统文化对于现代企业的长久发展有着深刻的助益。

虽然西方的现代化发明创造很是成功，但以结果为导向的思维方式更主要的是"认物"，而中国在传统儒家文化的浸润下则更讲究"认人"，并关注一个人的心性修炼及其能否承载起企业真正长久的发展，"这也会提醒我们要更多回归到人的本身，去关注人的心性和心智的修炼"。

尹炳新高度认同这一点：一个人如果人品欠佳、心性脆弱，必定无法支撑其做好一件事，更不可能带领团队走得长远。一名好的领导者，甚至会放弃影响了团队凝聚力的销售冠军，因为技能只能一时领先，唯人品与格局才能行稳致远。

《论语》中提出"仁者爱人"，强调"人而无信，不知其可也"，也感叹"中庸之为德也"，这都启示着现代企业的管理者要关心员工，尊重员工的个性与需求，激发员工的积极性和创造力，同时重视诚信，在利弊的综合考量中追求平衡与和谐，实现可持续发展。

"没有与人为善的心，是没办法带领团队的。"他觉得，领导用权力能够管住员工一时，却不可能管住一世；同样的，管理者能用制度管人一时，而如果用人格去影响他们，则可能影响一世。

刘邦在《史记》中说过这样的一段话："夫运筹策帷帐之中，决胜于千里之外，吾不如子房。镇国家，抚百姓，给馈饷，不绝粮道，吾不如萧何。连百万之军，战必胜，攻必取，吾不如韩信。此三者，皆人杰也，吾能用之，此吾所以取天下也。项羽有一范增而不能用，此其所以为我擒也。"

"我也讲过类似的话，销售上我比不上营业部长，人力资源方面我比不上行政部长，技术上比不上技术部长，营销上我比不上市场总监，但我最大的优点是还有那么一点儿亲和力，能把大家聚在一起，发挥各自的作用。"尹炳新说起这话时尚未想起明确的出处，但汉高祖"决策对头、用人得当、豁达大度、从谏如流"的精髓早已渗透在他数十年的企业管理与运营中。

对于独创了省级代理商体系的兄弟中国而言，常常是甲方站在乙方的立场去考虑对方的利益和需求，"有人会觉得我们过于善待代理商，但我们理应善待，我们善待了他们，他们也会善待我们，因为我们需要靠这些力量来打天下"。这种善于用人、懂得用爱和人格影响他人的格局，正是尹炳新从中国传统文化中汲取的智慧，也是其心性强大的表现。

一个很小的细节是，各地的代理商、经销商会经常和尹炳新打电话，将其视为家人一般分享家中的喜讯。"一个代理商的孩子很小的时候跟着参加过兄弟中国的战略合作伙伴年会，今年进入天津理工大学学习，说在优秀校友的展示墙里看到照片第一个就是我，特地来告诉我。"

善待员工和代理商、经销商之外，尹炳新还以一颗开放、包容、向善的心对待着行业的同行者。

担任中国现代办公设备协会副会长以及中国家电协会常务理事的他，每次参加行业的活动，都会在受邀后毫不吝啬地分享自己的经验体会和趋势观察。

作为中国现代办公设备协会的会长，王远强与尹炳新在协会的工作中有着很多的交集。他的评价是，"尹炳新最突出的一点，就是对未来行业走向的判断准确"，又因为受过良好的高等教育，有过体制内和跨国集团总部的工作经历，逻辑性、严谨性和务实性同时兼备，"把该做的都做了，不该做的又能守住原则"。

在王远强看来，尹炳新从来不只是关心兄弟中国自身或内外部团队，而是会从整个行业和生态的良性发展来思考问题，"他对整个行业协会的工作，以及行业出现的危机和乱象都会很关注。是和竞争对手都能坐下来好好交流的大气的人，面对小的同行也会力所能及帮忙"。这也让王远强觉得，兄弟中国这么多年在高速发展的过程中，在业内获得了良好的口碑，也对于生态共建起到了关键作用。

事实上，这也是已经退休的尹炳新仍然深受内外部人士尊重的原因所在。作为行业的后来者，他也因人品和才能受到了协会前所未有的看重，并获得了业内同行的高度认可。

回忆起儿时的成长，他坦言自己是幸运的，一直是深得老师喜爱又能与同学亲密无间、打成一片的"优等生"。在学校的时光里，他因天生的亲和力、感染力和出色的社交管理能力，出任过学生会干部等多个重要职务。在大学四年的美好岁月，他更是踊跃地投身于学校社团的组织与管理工作，并且凭借高挑的身材和灵活的技巧，成为了手球队的核心主力队员。这些经历，让他在年少时收获了丰富多彩的体验，也在潜移默化中积攒了管理经验，愈加深刻地通晓团队协作的要义。

尹炳新在家中排行第四。如今已逾90岁高龄的老母亲，是让他和家中的兄弟姐妹们学习的楷模，"母亲的大度，让我们耳濡目染"。在他的眼里，母亲虽然没有多高的知识水平，但心胸豁达，一辈子与人为善，平素里为人处事的那份厚道和善良，于他而言是受益终身的宝贵财富。

30岁就远赴日本，随后又在上海定居的尹炳新是让母亲最牵挂的孩子。2024年春节，他去天津看望母亲，临走前他抱了抱母亲，在她耳边温柔且坚定地说，"您可以为四儿感到骄傲，完全是您的功劳"。

受到母亲影响的不只有四儿。尹炳新的二哥比其年长8岁，至今仍然活跃在一线，甚至大年三十还在工厂指挥工作。他在国企晋升到副总经理的高位后，主动学习了EMBA的课程，并勇敢地开启了创业。这些坚持学习、主动迎接挑战的精神，也让尹炳新深受鼓舞。

在有爱的家庭中成长，尹炳新也自小养成了成长型的思维模式，对外界事物充满好奇，不惧怕挑战，同时善于在挑战和失败中学习成长，懂得在不确定中找到机会突围。

他喜欢读历史。英国著名历史学家阿诺德·约瑟夫·汤因比的一句话让他印象深刻，"对一次挑战做出了成功应战的创造性的少数人，必须经过一种精神上的重生，方能使自己有资格应对下一次、再下一次的挑战"。

除了身边人，尹炳新还将毛泽东视为心中的偶像，"他确实改变了中国，改变了中国的格局"。他从小就会背毛泽东语录，一直到如今的花甲之年，也常常在兴之所至之时，高声背诵起来。

正是这样有点可爱的性格，使其个人的价值观与百年跨国企业兄弟集团的价值观高度契合，也在后来形成了兄弟中国独特的文化与灵魂——尊重个人的多样性，倡导有容乃大。

第17章 | 日本的工匠精神过时了吗？

在百年未有之大变革中，创新至关重要，创新概念也有了新的内涵。在人工智能带给制造业颠覆性影响的新时期，百年企业如何保持创新活力？日本的工匠精神过时了吗？

尹炳新认为，在过去追求速度和数量的发展时期，日本的工匠精神因为精雕细琢的"慢"反而显得尤为珍贵。它强调对技艺的极致追求、对细节的严格把控以及对传统工艺的传承和坚守，让日本在制造领域诞生了大量的隐形冠军和长寿企业，也创造出了高品质和高精度的技术与产品。工匠精神的核心价值包括追求卓越、对技艺的传承与发扬光大、创新与传统的结合，以及对工作的热情与专注等，这些理念与"慢即是快"的长期主义思想，在当今时代依然具有深远的意义。

当然，随着时代的变迁和科技的颠覆性发展，传统的工匠精神需要不断创新，需要跨领域的深度融合与精准把控市场的灵活迭代。展望未来，创新将更加依赖于渠道的整合、多元文化的碰撞、开放的思维和对不确定性的包容。

"现在谈创新，人的开放变通观念是第一位的。"尹炳新说，既要传承经历了百年沉淀的企业文化，并在传承中结合当地特色进行本土化延伸，也要敢于打破桎梏，大胆迈入开放的生态环境，获得创新的原动力。

在这点上，兄弟中国是有发言权的。在传承百年企业文化的同时，尹炳新从组建中国团队开始就融入了中国的文化与智慧，也在公司管理上大胆做了本土化的创新。

"总部有很多优秀的文化传统，但不适合百分之百照搬到中国来。

我认为管理上要因地制宜,只有越接地气、越本土化,才能越国际化。"尹炳新在兄弟中国的管理运营中,不管是企业文化的推进,还是管理体制的建设,都始终坚持和总部沟通,详细说明哪些在中国可行,哪些不宜操作,"我们公司各个层级的岗位都视工作需要,可以是中国籍员工,也可以是日本籍员工,这一点可能和一些在华日企的常规做法不太一样"。

凭借管理的本土化创新,在2019年Brother集团"5大会"的评选中,兄弟中国独特的"教练式研修"内置化项目拿到了铜奖,成为了集团全球所有分支机构中唯一获奖的人力资源部门案例。

一个有意思的细节是,在Brother集团的五大区域公司中,虽然成立于20上世纪50年代的欧美公司以及日本和亚太公司都早于兄弟中国,但总部的不少日本员工都偏爱中文,常常争取到中国常驻。

集团总部每年都会委托第三方机构对中、美、德、日四国市场进行兄弟品牌的知名度调研。2020年的调研发现,兄弟品牌在中国的知晓率在两个年龄段出现了显著的增长:一是"Z世代"(通常指出生于1995年至2009年之间的一代人),二是50岁左右的精英人士和企业决策层。一定程度上,这归功于中国社交媒体的蓬勃发展,也受益于一年一度参加中国国际进口博览会这样的盛会。

兄弟品牌在中国市场的变化以及中国团队在全球的受重视程度,张燕归结于三个"带劲"。

带劲之一是对于创新的包容。一系列针对中国市场开发的爆款背后,其实铺垫着大量创新失败的案例,但也支撑着这些产品出道即巅峰。

带劲之二在于生态。中国在物联网、数字技术和物流基建等领域优势显著,兄弟中国也受益于此,并在研发、制造、销售"三位一体"的发展中打通了上下游,形成了跨行业的协同合作,让生态圈日臻繁荣。

带劲之三在于与需求端的高频互动。在其他海外市场,开市客、沃尔玛等大卖场是兄弟产品的主流销售渠道,但在中国独创的省级代理商制度,则让他们可以更直接地链接终端用户需求,发达的电商触角也能高效锁定用户更细致的痛点,以数据驱动并赋能品牌方。

张燕认为,现在很多的创新不能只盯着自己的业务领域和行业,有时候要破壳而出,而不是宅在家里慢慢孵化。从根源上来说,固守传统和必须包容试错的创新是矛盾的,而兄弟中国的生长融合了中国市场以及跨国文化的灵活变通,始终用开放的心态来经营与合作伙伴、生态和市场的关系,也才显得特别带劲。

本土品牌崛起下的竞合之局

如果说第一个挑战来自人工智能技术革命带给创新的深刻影响,那么第二个挑战便是不得不直面全球价值链重构和地缘政治风险等因素冲击所引发的深远变革——随着中国本土品牌的崛起,跨国企业在中国的发展如何保持竞争力?

从全球布局而言,大量跨国企业也在试图寻求双向替代:一方面,他们不可避免地加大了在中国以外建立替代供应链的考虑,以提高韧性;另一方面,他们也越来越关注并确保在中国的交付贯穿从研发到生产乃至销售整个流程——随着越来越多的品类将研发重心放在全球最大的单一消费市场,"在中国为中国"的战略持续推进,也将越来越强调中国本土化的重要性。

对兄弟中国而言，由史上第一位中国人董事长构建并由第一位中国女性董事长继任执掌的团队，自始至终都在坚持本土化运营，也是妥妥的"中国"字号跨国企业。

这既是Brother集团选择将海外唯一研发中心落子长三角的初衷，也是近年来研发、制造与销售管理多方不断加强联动的原因。

尹炳新很清楚，如今本土化不再只是生产制造的本土化，而必须加大培育在中国的研发能力，通过加强与本地资源在制造和研发两端的融合，才有可能抓住更多的增长机遇。

兄弟中国长期秉持"在中国诞生，伴中国成长"的本土化理念和行动布局，让兄弟在华事业的发展充分享受到了中国改革开放的时代红利。在深度"现地化"的进程中，为中国本土品牌和供应链发展赋予了创新动能的兄弟，本身也是竞合之局的开创者与构建者。

一份以厂商市场占比和出货量为基准的报告显示，过去五年，中国市场的A4黑白激光打印机领域，国产品牌份额从21%增长到40%，品牌数量从3家增加到7家。即便在2022年整体市场同比下降7%的情况下，国产品牌市场份额仍从38%增长到40%。①

在尹炳新看来，份额与比例的调整，并不必然影响竞合的状态与趋势。将跨国品牌和本土品牌对立，或单从一家企业的角度去看待市场的变化，都显得狭隘和短视的。从行业乃至生态的大视角来看待市场未来的发展，才是兄弟中国应有的格局。

"在传统的行业和优势制造之上，需要大家一起来集思广益，发现、

---

① 《机构：去年四季度中国打印外设市场出货463万台 同比降29%》，《新京报》，2024年4月19日，https://baijiahao.baidu.com/s?id=1796767592574887109&wfr=spider&for=pc。

开拓出新的行业。"他举例说，Brother集团于2013年收购的从小型齿轮制造扩展到减速机等工业零部件的制造企业日精，就在工业洗衣机业务的开拓中找到了市场增量。受此启发，兄弟自身的打印机、标签机等也在不断开发新的应用场景和领域。以标签机为例，兄弟的产品就在星巴克、喜茶等连锁店铺以及医疗领域有了成熟且越来越丰富的应用案例。与此同时，兄弟中国与集团于2015年收入麾下的工业标识解决方案巨头多米诺标识科技公司，也在加强中国市场共有客群的联合开发和创新合作。

作为一家百年老字号，Brother集团当前的核心业务领域，除了打印及解决方案事业，还包括多米诺事业、产业设备事业、家用机器事业、网络与信息内容事业、日精事业等，在强强联手和跨界融合的碰撞中，必将激发出更多创新灵感与能量。

作为行业资深人士，郑子冀认为，打印机的制造难度是工业制造体系里唯一能与汽车比肩的产业——一台打印机的零部件将近上万个，与汽车的数量级相当。作为多功能一体机的开创者和全球领先的激光打印机厂商，历经20多年的发展，Brother集团在中国建立了研发、生产和销售三位一体的供应体系，兄弟品牌的技术和研发能力仍是赋能中国市场乃至本土生态的重要力量。

立足当下，在增加打印机、标签机等整机销量的同时，尹炳新坦言，中国市场使用原装品牌的耗材比例仍是偏低的。而耗材不仅是品牌方可持续的核心利润来源，也是相关产业技术进步的创新源泉，以及产品与服务提升的关键。毋庸置疑，高品质的耗材能提供更优质的打印效果，还能延长设备的使用寿命，提高生产效率和产品品质。

在2023年整体市场有所下降的背景下，兄弟原装耗材销量却表现良好。背后离不开兄弟在耗材研发、定价和营销策略等方面的持续优化和本土化。

随着可持续理念在消费市场持续渗透,不管是企业级还是家用级的设备与耗材,兄弟都越来越注重绿色和低碳化的改进,以适应乃至引领用户习惯的改变。

中短期来看,横亘在所有跨国企业面前的,还有经济周期的挑战。

2024年4月19日,根据知名市场调研机构IDC发布的《全球打印外设市场季度跟踪报告(2023年第四季度)》,2023年第四季度,中国打印外设市场出货量为462.5万台,同比下降29.0%,环比增加24.2%。其中喷墨打印机出货量207.7万台,同比下降40.9%;激光打印机出货量225.5万台,同比下降12.4%;针式打印机出货量29.3万台,同比下降30.7%。经济下行,四季度虽然为传统采购旺季,但整体需求未达预期。[1]

"从当前的市场情况来看,中国所面临的国际环境是前所未有的。从国内来看,中国经济的发展也面临严峻的挑战。"尹炳新从来不避讳谈及挑战。这样的大环境不可避免地影响着行业的发展。

人的命运逃不开大势,企业亦是如此。但大势之下,个人与企业必有可为的空间。

"兄弟中国是不是有个妙招,能跳开大势?不存在。"他说得很中肯,每一条河都要自己蹚过去,任何一条上坡的路也都必然要付出艰辛,一步一个脚印地去走出来。而迈步行动之时,信心是第一位的。

对于代理商,兄弟中国首先要做的,也是给予他们信心。这是卸任

---

[1] 《机构:去年四季度中国打印外设市场出货463万台 同比降29%》,《新京报》,2024年4月19日,https://baijiahao.baidu.com/s?id=1796767592574887109&wfr=spider&for=pc。

后仍在一线忙碌的尹炳新最看重的事。在过去的两三年里，他保持着以往的高频率，在全国各地与代理商面对面沟通，开展着"企业诊断"。

大环境再怎么改变，商业的底层逻辑并没有变，传承了百年的企业文化也还在释放着能量——回归本质，回到初心，把之前做过的事重新夯实、加强，"比如以前怎么和代理商共同把市场做好的，以及四六级开发的执行、渠道合作的加强，都值得踏踏实实继续去做"。他觉得，大势之下整体的市场蛋糕可能会缩小，但"更勤奋些，推陈出新得更积极些，尝试应对的方式方法更多更精准一些，就有能力维护好兄弟的市场"。

尹炳新觉得，新问题不一定能用老办法解决，但与代理商的关系，兄弟的省级代理模式有其独到之处，也还有发挥的空间。从兄弟中国而言，除了继续视其为战略合作伙伴并肩前行，作为品牌方和研发供应端，还应不断开发出新品和新的解决方案，通过一系列实实在在的技术和服务支持来增强整体销售体系的信心。

他提出，兄弟中国和滨江兄弟的终极目标是"在中国研发出适合中国本土的产品，进而反哺全球市场"。目前，自主研发刚刚起步。

可以部分冲抵整体需求收缩趋势的，是中国本身尚未饱和的细分市场以及如推动大规模设备更新这样的政策红利。

2024年《政府工作报告》提出，要推动各类生产设备、服务设备更新和技术改造，鼓励和推动消费品以旧换新。同年3月，国务院印发了《推动大规模设备更新和消费品以旧换新行动方案》。根据初步估计，设备更新将催生出年规模5万亿元以上的巨大市场。

2024年6月26日，国务院总理李强主持召开国务院常务会议，研究利用外资工作。会议明确，深化重点领域对外开放，落实制造业领域外资准入限制措施"清零"要求,推出新一轮服务业扩大开放试点举措,一视同仁支持内外资企业参与大规模设备更新、政府采购和投资等。

艾媒咨询发布的《2022年中国家用学习打印机创新趋势研究报告》认为,中国家用打印机入户率仍有上升空间,随着中国品牌的崛起以及设备换新潮,预计2025年家用打印机市场规模为62.1亿元。[①]

"兄弟的品牌还有很多深挖的地方。中国品牌的崛起,绝不是说外企就没机会。"张燕认为,中国的市场太庞大了,发展的速度也很快,一旦找准了定位,必定是有空间去发挥的。

对兄弟而言,中国市场始终是具有战略性地位的重要市场。在急剧变化的国际环境中,短暂的市场波动是难免的,而中国的特殊之处在于,无论遇到怎样的风浪,总能在自我调整后,再次吸引全世界的投资者和企业。

"回顾过去40年,世界上没有哪个国家能够有这样的快速成长。"在张燕看来,中国的营商环境、稳定的社会体制、多元的文化、友善的人民,仍然对外资企业具有强大的吸引力。与此同时,中国提出的可持续发展理念、"一带一路"倡议等,也与外国企业的发展历程和经验相契合。

中国不惧风浪,历经过百年的Brother集团也不会退缩。"没有哪个市场是永远一帆风顺的。中国市场还在成长,我们关注的是如何与她共同成长。"在张燕的视野里,不只有脚下,也不只是眼前。她始终相信,这是一个充满韧性的、可持续发展的市场,Brother集团也会坚持同样

---

① 艾媒咨询:《2022年中国家用学习打印机创新趋势研究报告》,2022年5月5日,https://baijiahao.baidu.com/s?id=1731948639761421918&wfr=spider&for=pc。

的理念，一步一步，将根在中国扎得更深、更广。

关于未来的机遇，她觉得，"兄弟品牌以前是'在中国为中国'，接下来是如何利用好中国的速度、中国技术和中国成本，去做'在中国为全球'的事"。Brother集团在中国建立了这么多公司，是立足中国、面向全球的，也会让中国市场的价值越来越多地体现出来。

第18章 | 数字化不仅仅是手段

从区块链到云空间,再到元宇宙,以及现在的生成式人工智能,科技的迅速更迭,让全球商业环境的变化急速加快。技术进步成为了当今企业面临的最大颠覆因素和挑战之一。

要想转被动为主动,拥抱数字化、借助数字化的赋能是企业在创新路上的关键。对兄弟中国而言,数字化不仅仅是手段,和开放变通一样,也首先是一种理念的改变。

"数字化转型的最终形式是什么?不是单纯地导入系统、更新软件来提高效率。"尹炳新认为,数字化转型是通过数字化来形成企业持续不断地进行变革、创新、转型的生态圈,覆盖了打通供应链上下游以及"人财培养"等方方面面,这才是终极目标。

"推动创新是数字化的最终目的。"张燕也认为,未来商业模式如何变化,必然是靠数字技术驱动的,"从省代变区域代理,都是放大缩小的问题,但一定是品牌和终端的链接模式发生了变化,销售的思路发生了改变,才是真正意义上的创新"。在无数意想不到的可能性上,唯有技术让想法变得可行。

这也意味着,兄弟中国致力于推动的数字化转型,不仅仅是要提高工作的效率,而是要从变革的角度去做思考。

尹炳新在为代理商开展"企业诊断"的过程中也时常提出,企业变革本身就是数字化转型的一个重要方面。或者说,企业变革的过程,就是实现数字化的过程。

"导入数字化管理系统,顶多叫数据化转型。"他对代理商们说,在认识数字化终极目标的同时,也无需把数字化转型想得过于复杂。事实上，充分利用大数据去了解市场的情况，比如梳理当前销量在其所覆盖地区经济总量的占比等详细数据，通过数字化分析去找到薄弱的环节，并以此为线索作出下一步在哪儿发力以及如何发力的决策，这就是数字化思维的初步应用。

面对当前经济下行的挑战，数字化的转型投入既要把握方向，也需要把握节奏。

"数字化的转型进程必须加速，但在摸索期各方面的变革任务主要由各业务部门的员工兼职推进，同时培养人才的数字化思维和能力。"尹炳新和张燕专门沟通过，推动数字化转型是企业变革的一部分，既需要自上而下的顶层设计，同时也需要全员参与，形成自下而上的推动力，"上下达成一致并不简单"。

事实上，没有专门招聘外部的人才来成立数字化转型团队，而是更多寻求内部员工在理念和技能上的提升，也符合兄弟中国坚持自主培养的理念。

作为兄弟中国年轻的新任掌门人，张燕成为了数字化转型"自上而下"最主要的推动者。在日常繁忙的管理工作中抽出时间，她在复旦大学参加了为期数月的数字化转型实战营，由数字经济领域的教授带领，一同探索企业案例。

"学习的过程很重要，不是你学到了多少理论知识，而是你能找到正确的逻辑和方式去推动。"她深知，没人会替自己想出一个现成的具体方案，必须要通过这些学习的机会，去找到真正适合自己的路，"数字化甚至都不是一条道，而是有很多方式，你需要在足够了解企业的基础上找到尽可能匹配和高效的方式"。

中国"十四五"规划和2035年远景目标纲要明确提出，"加快推动数字产业化""推进产业数字化转型"。大的方向已然达成共识,要做的是一步步找到落地的切入口。

数字化浪潮汹涌,方兴未艾,对企业而言却是一场旷日持久的探索。和中国领先全球的数字技术应用相比,穿越了百年周期的Brother集团当前的进度并不算快,但长期将创新技术视为提升组织效能契机的他们起步得也不算晚。在"中国速度"的浸润下,兄弟中国又一次在集团内跑在了前列。

兄弟中国独创的数字化服务解决方案

"顾客至上",密切关注并及时解决用户的痛点,这是百年兄弟刻在基因里的文化。年轻的兄弟中国是矢志不渝的传承者,这也让他们在中国数字化发展的领跑中,成为了数字化变革时期的前行者。

随着科技的发展,全球互联网普及势不可挡,智能手机更是如一股强劲的浪潮席卷全球,也极大丰富了人们的生活、工作和娱乐方式。在中国,独特的SNS(社交网络服务)环境尤为突出。几乎人人都在使用的微信不仅仅是一款社交工具,更是一个集社交、支付、资讯、生活服务等多种功能于一体的综合性平台,推动着商业模式的创新与发展。

在这种背景下,兄弟中国通过对客服中心用户咨询的大数据分析发现,原先以图文为主的设备安装和使用说明,在设备网络化和移动化的发展中,已经无法充分满足用户的实际需要。

于是,针对中国市场独创的数字化服务解决方案启动了。

2016年,兄弟中国的技术服务团队在行业内较早开发、使用起了微信服务公众号和全媒体客服系统。一方面支持用户通过电脑或智能手机获得高效的实时微信人工客服服务,另一方面也方便用户享受自助服务，可以随时查询包括视频、说明书在内的各种使用指导，以及附近的维修站信息。

自此，原本依赖热线电话、电子邮箱和服务网站的服务模式，新增了微信移动端，直接将客服的平均效率提升至传统电话的两倍左右，也打破了原来通过电话难以即时传送资料的瓶颈。

2017年，通过对客服中心电话、网络用户咨询的数据进行跟踪和分析，他们进一步找到用户的痛点——相较于图文说明，用户更愿意通过视频来获得指导。于是团队开始自主拍摄、制作更加直观和形象的安装使用视频。

如何下载驱动、如何更换耗材，如果卡纸了怎么操作……兄弟中国整理了用户反馈较多的热点问题，并针对问题一一拍摄了指导视频；一旦有新机型上市，他们也会选出代表性的机器进行实操拍摄，目前视频已基本覆盖兄弟所有在售的型号。为了便于用户查找，同年9月，兄弟中国在其服务网站专门增加了全新的视频模块。

经过了前期一系列的积累和准备，兄弟中国客户服务的数字化和智能化迎来了新的节点。

2018年，Brother集团提出了开发聊天机器人（Chatbot）的目标，旨在全天候随时为用户提供高质量的客户服务，不断提高用户满意度的同时，借助大数据更加精准地追踪用户的需求。

为了实现目标，Brother集团把开发聊天机器人的目标分为5个阶段，分别为东京阶段（引入、测试），富士山阶段（初步应用，Chatbot服务占比达10%），珠穆朗玛峰阶段（成熟应用，Chatbot服务占比达25%），登月阶段（全面应用，Chatbot服务占比达80%），探索火星阶段（理想中的全面智能化时代）。

Brother集团的原计划是开发统一的全球聊天机器人系统,再由各销售公司分阶段逐步开发。比如,2019财年先在个别主要英语国家试点,2020财年推广到大部分英语国家,2021财年推广到大部分非英语国家。而兄弟中国基于尹炳新的前瞻性,以及团队对于客户长期充分的了解和创新主动性,成为了集团内在2019财年内率先完成聊天机器人开发的公司之一。而且,由于中国网络环境的特殊性,兄弟中国的聊天机器人(Chatbot)针对中国市场进行了适配性开发,也因此拥有了相关的知识产权。

兄弟中国技术服务部高级经理钱钢分管客服中心。"能够迅速开发出适合兄弟中国的聊天机器人,除了部门团队的努力,也与高层方向性的判断和决策密不可分。"他回忆说,聊天机器人的计划在总部提出后,兄弟中国就第一时间决定要做,而且立刻着手推进,这离不开掌舵者对于大势的敏锐把握和对团队的充分信任,"当时的任务是艰巨的"。

兄弟中国的聊天机器人(Chatbot)在2019年年底基本开发完成,并于2020年1月中旬正式发布。一周后,也就是2020年1月23日,武汉宣布"封城",新冠疫情暴发。

"在开发的时候我们并不知道会发生什么。只想着在春节前开发完成,以便在节假日仍然可以由机器人来为用户提供24小时服务。"钱钢还记得,考虑到安全性,各大机构纷纷延迟了复工复产的时间。由于坚持把用户放在第一位,他们在春节后仍然安排了部分员工去值班,以便解决用户遇到的紧急问题。此时,机器人发挥了重要的作用,"机器人先对简单、普遍的问题作回答,为用户

兄弟智能助手(Chatbot)

提供以操作视频为主的解决方案。如果有复杂、个性化或者解决不了的问题,再转人工客服"。

在疫情期间,智能机器人客服为用户在普遍的居家办公中提供了不间断的服务支持。

根据集团总部设定的计划,截至2021财年,要实现Chatbot服务占比达30%。服务占比指的是机器人答复量占所有答复量(机器人＋电话＋网聊＋邮件)的比例。兄弟中国交出了远超预期的成绩单:截至2021财年,已实现Chatbot服务占比67%,2022财年服务占比达71%,2023财年服务占比达73%。

通过训练不断增加、优化机器人的解决方案和语义,整个聊天机器人客服系统的知识积累和理解能力也在不断提高,兄弟中国的Chatbot解决率也在持续提升:2021财年解决率达68.8%,2022财年增长至69.8%,2023财年攀升至74.6%。

2022年,兄弟中国的客服系统新开发了短信功能,客服可以通过智能手机为电话用户提供便捷的短信解决方案,包括安装使用视频等。

2023年5月,为了更加方便用户在电脑和手机上检索,兄弟中国的客服中心全新编写、归类了数字化目录,通过整理出目录的方式,为用户提供了更加便捷的一站式视频解决方案。

截至2024年上半年,客服中心已发布137个主流机型的数字化目录。含视频的Chatbot解决方案数千个,主流机型的数字化目录相关Chatbot解决率达99%。

通过不断的变革和创新活动,兄弟中国明显提高了客服环节的业务效率和员工的数字化技能,并切实解决了大量用户的痛点。

对兄弟中国而言，顾客的呼声是所有事业活动的起点，而客服中心就是接收、倾听用户声音的第一线。"想用户之所想"的服务，体现在润物细无声的点滴中。比如，客服系统会在冬季提醒并帮助用户排查使用环境温度，以减少送修；也会主动提供"套餐式解决方案"，将所有相关解决方案打包供给用户参考等。

尹炳新向来重视客服中心的反馈，也高度关注数字化、智能化客服创新的推进。他将最终用户提出的声音视为产品创新改进的根基。在"顾客至上"的数字化创新进程中，沉淀了百年的兄弟价值链式经营管理（BVCM）也在中国大地上发出了有力的回响——始终以客户为中心，将"需求链""合作链""供应链"三根链条联结在一起，与三根链条上所有环节的参与方共同用心提升，从而提供更加高品质的产品和服务。

与人工智能做"同事"

在人才端，获得数字化提升的不仅仅是客服中心的团队。目前，兄弟中国已经建立了与数字化发展匹配的人才发展体系，引入了数据分析等硬技术相关的培训课程，鼓励员工与人工智能和数字技术做"同事"，充分利用科技为职场赋能。同时提醒员工们时刻保持对新技术、新应用的关注，积极思考数字化和人工智能对于各个业务环节的影响。

在业务端，兄弟中国也已将部分具有重复性和规律性的工作交给RPA（机器人流程自动化系统），以打造智慧职场，提升组织效能。其中在2022年底，公司导入了RPA开票自动化处理项目，以往3名员工两三天才能完成的工作量，如今只要两小时就能完成。为了更高效地审理文件，使用RPA完成自动加盖水印，只要在表格里填写完必要的信息，点击加盖水印之后，所需的文件会生成在文件夹里。

与此同时，全国代理商的每日营业数据、招投标文件的批量处理等工作，也均实现了自动化处理，显著提高了工作效率及质量。由于每天需要处理的数据过多，涉及各个分公司，此功能只需把三地的初始数据导入，便会自动汇总到全国数据里面，无需手动粘贴。

在打造内部业务管理系统上，兄弟中国基于道一云低代码平台七巧，制定各业务场景流程，实现了流程规范化，打通其他系统，提升了业务流转和内部协同效率，一个系统可满足不同场景的管理需求，并对公司OA系统进行了整合统一。面对企业复杂的业务需求，具备完整开发能力的七巧低代码平台，可应用低代码进行开发，开发时间缩短69%，从而实现个性交互体验。

在优化审批流程上，兄弟中国用七巧低代码平台中的表单模型、流程模型等组件优化了近40条审批线，涵盖签章证照、IT管理、信息发布、出差管理等各类业务场景，使流程节点清晰可见，企业内部高效流转，协同效率提升了86%。比如，通过搭建"签章证照"，实现线上申请公章、证照使用，并配置线上审批人，提升签署效率，保障用章用印的安全性。

业务版图的数字化变迁

Brother集团业务版图和产品结构的演变，本身也打着数字化的时代烙印。

在2023年底举办的第六届国际进口博览会上，Brother集团展示了涵盖打印输出类设备、家用缝纫机、工业零部件、标识设备、数字印刷系统等多个领域的前沿产品和代表性解决方案，也以"At your side, In your life——享In生活，享印未来"为主题，通过故事化的展示，让观众亲身体验兄弟的产品如何为生产、物流、工作到生活各领域提供便捷高效的服务。

一张铺满整墙的兄弟发展路线图，展示了这家从传统制造起家的百年企业在时代和技术的变迁中始终领先的足迹——在秉持"顾客至上"理念的持续创新中，缝纫机的"百年老店"已经转型成为了智能制造领域的解决方案提供者和新技术的引领者。

张燕提出，中国庞大的人口基数造就了网络通信的迅猛发展，也衍生出了许多新的生产生活方式。兄弟中国敏锐观察到了这一趋势，近年来推出的许多新品都进行了网络连接优化。以打印设备为例，兄弟在全系列激光及数码打印新品中添加远程打印功能，新版标签编辑APP——iPrint&Label云共享版充分搭载云端技术，实现了云端存储功能，2023年新一代的家用缝纫机及商业绣花机也均升级了无线传输功能。

她表示，随着兄弟对中国市场的理解不断加深，兄弟中国未来会围绕中国市场特点打造更多优质产品，让用户办公生活更轻松。在这个过程中，数字化是目标，也是途径。

在2023年的企业布局中，张燕也将数字化转型视为主要的抓手之一。她提出，要进一步加强数字化基础建设，加快数字化转型，推动业务创新，提升服务水平和用户体验，帮助自身和顾客突破现有的瓶颈，实现共荣共赢，为成为中国用户的最佳伙伴而努力。在这条任重道远的路上，数字化的深化转型是"快进键"，也将为兄弟中国的未来注入加速度和新动能。

第19章 | 绿色行动善始善终

频繁把植树、认养树木等写进大事记的兄弟中国,从创立之初就展开了绿色行动。

2003年,刚到上海考察准备创业生涯的尹炳新,就曾打算以兄弟的名义在长宁区认领一个公园,如Brother集团在中国的新起点一样,开启百年跨国企业在中国的绿色之旅。

2006年,刚满一岁的兄弟中国开始十年如一日地支持在北京和上海两地进行绿化建设的相关捐赠活动,以支持这些城市的环境改善事业。

对于植树和绿化有着如此深厚情结的背后,是Brother集团延续了百年的环保理念。在阐述与利益相关方的关系中,除了顾客、员工、商业合作伙伴和股东,Brother集团的《全球宪章》还专门列出了其与地区社会和环境的关系:

> Brother集团时刻意识到要为所在国家和地区作贡献,通过尽力分担所在地区的社会、经济、文化方面的责任,努力成为优秀企业市民。
>
> Brother集团以构筑可持续发展的社会为方向,在企业活动的所有方面积极不断地致力于关爱地球环境的活动。

这种绿色的理念,渗透到了从产品设计到企业运营,乃至员工个人工作与生活的每一个自律行为。

那些绿色小巧思

作为Brother集团在中国的销售与服务的外商独资企业,兄弟中国积极推广源自集团的环保技术,并密切关注中国用户的需求与满意度。在自身产品全生命周期的设计上,兄弟的研发都藏着不少绿色的小巧思——绿色待机、无涂装、低噪音传送带等,无不凸显出兄弟"向绿而生"的创新力。

电子产品不容忽视的问题之一就是关机时的功耗。兄弟品牌的目标就是通过设计让产品在使用中的功耗尽可能地接近为零。为此,兄弟直接定下了看起来简单粗暴的目标"待机0功耗",也由此开发出了一种名为绿色待机的新型低功耗技术。

待机指打印机关机后仍连通电源的状态,而要想实现"待机0功耗",技术人员必须颠覆以往的节电技术常识,"在电源关闭时停止电力的流通"。而要让这个想法落地,就需要开发一个全新的电源板——不仅要从零开始设计电路,而且还要重新选择所有部件。与此同时,还需要考虑到用户频繁重新启动并且操作错误时,功耗会相应增加的情况。

经过多次失败的试验后,兄弟的技术人员最终研制出了低待机功耗的产品:在绿色待机模式中,随着电容器充电次数减少,放电时间增加,待机功率可接近于零。追求极致体验的兄弟在此基础上继续作了延伸,开发出了一款新型高效的电源,其功耗只有一般小容量电源的1/500,进一步降低了功耗。目前,兄弟品牌的喷墨打印机功耗约为0.04 W,激光打印机的功耗约为0.02 W,趋近于零。

很多人在选购打印机时会被其漂亮、有光泽的外观吸引,然而产品外观的涂装虽然能提升机器的光泽和质感，但在过程中会产生VOC（挥发性有机化合物），影响环境及人体健康。从2009年起，兄弟的打印机就不再涂装外部涂层，以减少空气污染物的产生。其专为打印机研制的"无涂装技术"，可以让产品在保持美观的同时，减轻涂装带给环境的负担。

兄弟打印机的无涂装外观设计

要实现"无涂装"，兄弟从原材料和模具这些根源上作了改变，改进原有的树脂材料，提升了影响外观的模具，生产出了具有高级质感的零部件。针对有着"绝对平整"要求的部分，如顶部的文档封面，兄弟则反复进行尝试，在计算机上不断设计模拟和进行模具调整，最终实现了环保与美观的融合。

百年兄弟的历史始于缝纫机。在缝纫机技术研发的道路上，兄弟自1932年批量生产家用缝纫机以来就从未停止。其中由低噪音传送带

兄弟设计的鼓粉分离结构

驱动的兄弟家用缝纫机·绣花机就是高效低耗的典型。

机器越高的转速,意味着越快的缝纫速度,也对应着工作效率的提升,但转速的提升势必会增大耗电量。那么,在内置电源的大小不能改变的前提下,兄弟的技术人员必须降低功耗,才有可能满足提高转速的电量。

突破难题的契机是"声音"。多次尝试后,一名技术人员注意到,当缝纫声音变小时,功耗也会降低。因此兄弟重点调查了影响缝纫声音的同步带(Timing belt),并不断进行测试和改进,最终低噪音传送带驱动应运而生。这一技术不仅能让缝纫机减少缝纫声音,还较以往降低了30%的功耗——节省出的功耗可以继续用于提升转速。

在过去的20年里,搭载了这些兄弟自主研发的节能环保技术的产品,正通过兄弟中国的团队进入多元应用场景,为广大中国用户提供绿色的产品体验,也为中国的"双碳"目标提供助力。

植树造林

公益行动,兄弟一直在路上,在尹炳新看来,"只有起点,没有终点"。听起来并没什么特别的植树造林,"兄弟人"从城市走到了荒漠,也将其视为不容中断的"大事"。

这家百年跨国企业将线上线下互动、公司内外人员结合的一系列环保活动定为"森林系列"。其中包括内蒙古防沙漠化项目、对京沪两地的绿化支持活动以及针对员工的环保积分活动、走路换梭梭活动等。

中国是土地荒漠化最为严重的国家之一。公开数据显示,中国荒漠化土地面积为262.2万平方公里,占国土面积的27.4%,相当于1.8万个上海的人民广场,近4亿人口受到荒漠化的影响。想让沙漠土壤化,需要100年甚至更久才能形成1厘米的土壤层。

每年的春秋季,多地都会出现不同程度的扬沙天气。位于中国北部的内蒙古自治区,更是在气候变化、人口增长以及过度放牧等因素的综合影响下,呈现出越来越严重的土地沙漠化。如今,沙漠化的范围还在不断扩大。

防治风沙的路道阻且长,但总要有人开始行动。

从2012年起,兄弟中国开始与国际NGO组织OISCA(奥伊斯嘉国际)携手在内蒙古实施防沙漠化项目。

每年春季,兄弟中国都会组织员工、商业合作伙伴、高校志愿者等深入内蒙古阿拉善地区,种植梭梭、沙枣等耐旱植物,共同探寻合理的浇灌方式,并支持肉苁蓉等中草药的研究,增加当地居民收入的同时,也更加持续、实际地推进当地的防沙进程,最大限度地宣传防沙的

兄弟中国的员工们前往阿拉善植树

意义。

和所有志愿者一样,戴着白色球帽、身着墨绿色兄弟文化衫的尹炳新也是深入沙漠,弯着腰在现场植树的一员。

与此同时,兄弟中国每年定期向阿拉善OISCA沙漠研究所进行资金、物资等捐赠,帮助其日常运营。沙漠研究所则为兄弟中国内蒙古防沙漠化项目提供了专家支持、种植技术指导、防沙漠化技术支持等帮助。

在兄弟中国等组织的坚持下,参与者不断增多。2019年,中国绿化基金会作为项目合作方,也加入了内蒙古防沙漠化项目。在与中国绿

2018年尹炳新在阿拉善种植梭梭,支持防沙漠化行动

化基金会的沟通中,兄弟中国和实施合作方OISCA,也用更专业、严谨的态度探讨了项目内容和发展的可持续性。

"Brother集团在整个企业活动经营中,'成长'和'环保'是永远的主题。"尹炳新提出,兄弟中国不断开展包括环保在内的CSR活动,始终致力于让这些行动更加规范、充实和有效。

2019年5月,尹炳新在朋友圈里记录下了自己时隔一年,再次带队来到阿拉善进行植树防沙漠化公益活动的感受。他专门提及了在2001年首次从日本来到内蒙古阿拉善,扎根这片土地十多年坚持治沙的OISCA农学博士富坚智。在为其默默无闻十多年的坚守感动时,他也感恩"兄弟尽微薄之力与有情怀更伟大的人坚持做一件靠谱的事"。

截至2020年3月,兄弟中国已带动各类志愿者及当地牧民共计360人次参与春季植树活动。所种植被由合作NGO组织OISCA、当地牧民全年共同养护。

受到2020年初暴发的新冠疫情的影响,兄弟中国去沙漠现场的植树行动暂时中断,但关注和捐赠行动从未停止。

兄弟中国在阿拉善的第四块公益林立牌

2023年是兄弟中国推动荒漠化治理的第11年。截至当年,兄弟中国已在阿拉善地区累计种下逾10万棵梭梭在固沙的同时,也有效地提升了当地的碳汇能力。

除了远赴现场的植树行动,任何一个环保项目都需要释放影响力,撬动社会力量，鼓励更多公众的参与。

城市漫步（city walk）在当下甚是风靡，而兄弟中国多年前就已携手SEE基金会（北京市企业家环保基金会）发起了"一块走"的活动，即通过邀请来自不同领域的爱心人士，一同记录一路走过的精彩风景，来一场松弛的植树之旅——参与者在平台上捐赠步数，兄弟中国就会将这份爱心落到实处，为SEE基金会的"一亿棵梭梭"项目配捐资金，用于其在内蒙古阿拉善关键生态区种植以梭梭为代表的沙生植物，助力修复并保护当地生态系统。

从2020年开始，兄弟中国就通过腾讯公益平台展开线上捐步植树活动。每捐出1 000步，兄弟中国就会为SEE基金会的"一亿棵梭梭"项目捐出1元钱。2021年5月17日，原计划维持1周的活动，仅用3天时间，兄弟中国就已完成了捐步目标。更有参与者自费为兄弟中国捐步活动续费，续费次数达6次。

这种轻公益的模式，既能激励更多的公众轻松、可持续地参与到帮助内蒙古恢复绿色的公益事业中，也倡导更多人拥抱健康生活。

对于环境的保护，改变人们的意识是影响其行动最根本的方式。从2014年开始，每年的秋冬季，兄弟中国都会在各大城市开展形式多样的防沙宣讲会，引起城市人群对沙漠化的重视和思考。截至2020年3月，兄弟中国已在上海、北京、广州、成都、沈阳、西安6个城市，开展了累计11场防沙宣讲，活动累计参与234人次。

保护生态环境，从娃娃抓起。传承了百年的兄弟会定期举办环保亲子活动，让环保深入"童"心，进而带动从个人到家庭、从孩子到成年人的持续参与。

环保亲子活动是Brother森林环保系列活动中重要的一环，也是内蒙古防沙漠化项目的延伸环保宣传活动,兄弟中国会在环保亲子活动上分享项目的最新进展和来自现场的故事。

2019年8月22日,兄弟中国邀请OISCA农学博士富坚智来到了环保亲子活动上,他通过环保漫画的形式,将自己过去十几年在内蒙古治沙项目中的收获与环保理念分享给在场的亲子家庭们。

OISCA自2001年起就为防治沙漠化开启了植树活动。在多方协作下,至今已在1 400公顷的土地上种下了200多万棵树。

在当天的活动上,兄弟中国还把在许多国家学前界流行的"食育"与活动相结合,赋予了这次活动更深的意义。食育,是通过食物与饮食习惯的教育,培养孩子的艺术想象力和健全的人格。讲座过后,大人小孩一起动手制作起了环保便当。

除了形式丰富多样的线下活动,兄弟中国也在持续开展线上"点击捐助"活动,让无法亲自到当地参与活动的公益热心人士也可以奉献自己的一份力量——登录Brother Earth网站点击"中国(内蒙古)"项目,每点击1次,Brother集团就会代表其捐出1日元来支持这个项目。

尹炳新认为,认知捐赠看起来只是一种简单的动作,但在每一次的点击参与中,是公益的理念在不断传递,也是兄弟的员工、战略合作伙伴价值观越来越同步的每一小步,"我们希望不管是哪种形式,公益都是持续持久的,而非短期或一次性的"。

Brother集团在环境愿景2050中,明确将保护生物多样性作为重要课题。2023年,兄弟中国新启动了"归龟回家"项目,为SEE基金会海洋保护项目捐赠公益资金,以支持中国的海龟保护及科研工作。

自此,在环境友好型产品开发推广、内蒙古沙漠化防治、生物多样性保护以及弱势群体帮扶等一系列内容的持续落地中,兄弟中国逐渐

兄弟中国捐赠资金支持海龟保护工作

构建起了符合时代特征也越来越丰富的企业社会责任体系。

成田先生提出,当时很多跨国企业通常会把在中国获得的利润带回总部,但在尹炳新的建议下,兄弟中国选择将利润大量投入到当地,去帮助当地的发展。这也促成了兄弟在中国的ESG事业,以及对当地

2013年兄弟中国获得集团授予的环境贡献5R奖

社区乃至社会持续作出的贡献。

环保达人和云南绣娘

兄弟中国对社会和环境的使命,还体现在每一位员工的自律上。

比如减少使用一次性筷子、随手关灯、尽量乘坐公交系统等等,这些都是兄弟的"环保达人"们在日常生活中的自觉行为。而在公司内部,员工每个月都能申报环保积分,如通过每日步数、共享单车骑行等方式,这些积分最终会以资金的形式由兄弟中国对应地投入环保事业中。

2018年,兄弟中国推出了面向公司员工的"走路换梭梭"轻公益活动,为员工设置阶梯状目标。其中,第一档步数为5 000—6 999步,第二档步数为7 000—7 999步,第三档步数为8 000—8 999步,第四档步数为9 000步以上,鼓励员工以步行替代私家车等交通工具的使用,在培养员工健康生活方式的同时,助力实现碳减排。

员工可按季度申报日均步数,最终这些步数将被换算成不同数量的梭梭,通过基金会实现捐种,进一步丰富项目的内容。截至2020年4月,活动累计参与571人次,累计兑换梭梭树1万棵。

兄弟的公益心不只是"绿色"的,还圆了贫困家庭的青少年和云南绣娘五彩斑斓的梦。

从2003年起,兄弟中国与上海公司所在的长宁区天山街道一同,通过上海慈善基金会长宁分会,为辖区内家庭条件相对贫困的青少年提供资助至其高中毕业,点亮他们的求学之路。

2016年,兄弟中国还携手上海市长宁区癌症康复俱乐部,加入"More Than Aware"慈善跑行列,为癌症患者筹集善款,宣传健康生活理念。

从2022年开始,兄弟中国每年发起"云南绣娘"公益项目,为云南

兄弟中国携手长宁天山街道开展爱心助学活动

携手长宁癌症康复俱乐部,加入"More Than Aware"慈善跑行列

当地绣娘合作社捐赠电脑绣花·缝纫一体机,并通过捐助培训资金的方式对当地绣娘进行机器使用及刺绣艺术技能培训,旨在帮助乡村女性提升刺绣技艺,实现居家灵活就业创业,带动当地"指尖经济",推动乡村振兴。这样极具撬动力量的善举,不仅帮助当地女性实现了就业、创业的梦想,增强女性独立意识,提升了家庭地位及幸福感,而且也助力弘扬了少数民族刺绣文化,并为带动当地刺绣产业以及乡村经济的发展作出了贡献。

兄弟中国发起"云南绣娘"帮扶行动

"把已经做的事情持续推进,这是公益行动的第一要义。"与项目更新和更多元化相比,尹炳新更看重每一件事的持续性。荀子在《劝学》中言,"不积跬步,无以至千里;不积小流,无以成江海"。做公益同样如此,更当如是。

后记 | 走向未来，何以永续？

十年树木，百年树人。对百年企业而言，20岁的兄弟中国正是风华正茂之时，青春的华章初启，尝到了成长的滋味，也生出了强健坚韧的体魄。

接下来的路怎么走？

对继任者张燕来说，没有迷茫是不可能的。

在接棒后的这一两年里，她和尹炳新的交流频率远远超过了以前。以前多集中在业务和具体的事项上，如今更多是在方向和思维上。

她曾问过尹炳新，带领企业这么多年难吗？尹炳新云淡风轻地回答说不难啊。

但挑担这事，哪有不难？

在尹炳新的放权思维中，最终的决策和责任都必然是落到了他作为掌门人的肩上。

在张燕眼里，尹炳新是天生的领导者。

"我和他最大的差别是，我是从基层成长起来的。而他擅长凝聚团队，大量的员工像我这样，被某个点所触发，也被他的人格魅力所吸引。"而从基层成长起来，既是张燕的优势也可能是弱势，"我对公司的方方面面了解得很清楚，弱势就是，有些很难解决的问题，在当下改变不了时会感到疲倦"。

她清楚，变革和创新需要临门一脚，作为掌舵者，她必须找到并触发那个开关。

尹炳新对张燕而言，不仅仅是伯乐，还是思维的教练，"我有时会比较急，看到了问题恨不得立马去改变，他会提醒我，有些改变需要天时地利人和,等时机需要点耐心"。

尹炳新身上的与人为善、宽容和亲和力,在其一手培养起来的兄弟老兵张燕的身上,几乎都有相似的影子。而那种面对挑战和危机时不疾不徐的气定神闲,责任当前的张燕似乎更多了些急迫与冲动,但这种情绪或许在一定程度上能够弥补尹炳新反思过往时的缺憾——回顾过去带领兄弟中国走过的20年,他自觉,兄弟中国创新的思路还存在一定的局限性,自己还应该魄力更大一些。

"当局者迷,旁观者清。"谦逊的心态,让尹炳新保持着自我反思的习惯,也因为善于倾听并尊重、吸纳他人的意见,而始终保有修正前行的力量。

回顾过往,他也心怀感恩,"整体上还是幸运的,走过的都是人生,没有什么后悔和遗憾的"。

在2023年的公司致辞中,尹炳新以"去岁千般已过往,今年万事皆初心"为开场,凝练出他始终如一的洒脱心态。在承上启下之年,他再提乌卡时代,并表示兄弟中国对于不确定性有了充分且深刻的认识,也将更坚定地在不确定中寻找确定的因素。

何为确定,又何以确定?

他首先强调,持续提升自我学习的能力是应对变革的不变之道。"不是简单的知识学习,而是针对外部环境的趋势不断去适应、去改造,做到知行合一,在日常业务中坚持实践,强化落实,敢于容错"。

其次,作为销售公司,销售目标的不断增长亦是永恒不变的课题。他提出目标的同时,也给出了建议,"未来兄弟中国将持续推动运营模式和商业模式的进化,拒绝惯性思维,用创新和未来的方法解决现在的问题"。

虽然已经卸任了董事长一职，但精力充沛的他仍然闲不下来。交棒后，他还在尽心尽力地支持着经营层的平稳过渡。

作为兄弟中国经营委员会的一员，他继续参与着公司的决策运营。面对当前严峻的形势，他希望能够为团队也为战略伙伴排忧解难——对内形成愈加自律、富有韧性的团队，对外构筑更高黏性和信赖的体系和共赢生态，以共同应对前所未有的变局挑战。

"之前在任时，我的时间还更紧张，现在更充裕了，可以和代理商们做更深入的沟通。"他亲力亲为持续推进的"企业诊断"，尤其注重通过交流为代理商们提振信心。事实上，面对现实的考验，不少面临二代传承的代理商们，也不得不延迟完全交托的时间。

不过，扶上马送一程，再送一程，既是创始人或前辈的良苦用心，也是本身事业心的体现和持续释放光热的愿望。对于继任者的表现，尹炳新是满意的，"不仅年轻有活力，进入角色的速度也比预想得快得多"。

在兄弟中国成立之初，当时的董事长成田正人曾推出董事长俱乐部的培训项目，而张燕是其中的第一期学员。根据他的观察，张燕在用人和领导团队上，受到了尹炳新和兄弟文化的影响，同样有着强大的领导力和学习力。同时，她在思考问题上，也会尽可能周全地考虑到所有的可能性。为此，他由衷地乐见张燕的继任，笃信兄弟的企业文化能够一直延续，并在"她力量"中不断扩展，愈加充盈。

对于张燕而言，对于兄弟的热爱是深沉而细腻的。"我为什么喜欢这家公司，是因为它在很多用户未必能察觉到的地方，始终在坚持用可持续和以人为本的理念去推动技术创新。"也正是因为发自内心的热爱，她希望把兄弟的故事和那些积淀传递出去，让品牌的文化走得更远。

从个人的角度，张燕也在这种文化氛围的感染中，被驱动着不断成

第一期董事长俱乐部学员合影　张燕（第一排右三）、成田正人（第二排右二）

长和思考。她是受益者，也是亲身感受到了文化魅力的获得者。这种文化传承了百年，也融入了创始人过去三十载的真知灼见。这种感悟，既有自我的觉察，也离不开前辈尹炳新的引领和强化。

"他是在用文化驱动个人的成长，这是很伟大的事。"张燕认为，如此重视文化对于企业和个人的作用，并不是每位企业的一把手都能做到，也不是每位掌舵者都能做到如此极致。

她记得尹炳新时常说的话，"你在做一件事的时候，一定要喜欢这件事"。这一句再平常不过却始终闪着光亮的话，放在何时何地都受用，也将孕育出走向未来、迈向永续的勇气和力量。

附：三十年大事记

1989年
- 兄弟中国及集团在华主要动态
  Brother集团北京办事处成立

1992年
- 尹炳新及兄弟人主要事迹
  尹炳新加入Brother集团
- 兄弟中国及集团在华主要动态
  Brother集团上海办事处成立

1993年
- 兄弟中国及集团在华主要动态
  Brother赞助的"兄弟杯"国际青年服装设计师大奖赛在中国举办，奠定了中国服装设计行业市场化与国际化基础

1996年
- 尹炳新及兄弟人主要事迹
  受Brother集团委派，尹炳新常驻北京担任Brother集团北京办事处负责人

1997年
- 兄弟中国及集团在华主要动态
  集团发布3年中期战略CS B2000 (Bold Challenges and Strategy for Tomorrow)

1999年
- 兄弟中国及集团在华主要动态
  集团发布《全球宪章》

2000年
- 尹炳新及兄弟人主要事迹
  尹炳新返回日本总部，负责推进中国和亚太地区的业务
- 兄弟中国及集团在华主要动态
  集团发布3年中期战略CS B2002 (Transforming into a Highly Profitable Company with a Sound Financial Structure for Growth in the 21st Century)

2002年
- 兄弟中国及集团在华主要动态
  集团发布21世纪全球理想 (Global Vision 21)
  集团开始筹备成立兄弟中国，准备从进口商身份转变为本地法人机构

2003 年

- 尹炳新及兄弟人主要事迹
  受Brother集团委派，尹炳新常驻上海，负责筹备兄弟中国成立事宜
  张燕女士加入兄弟中国
- 兄弟中国及集团在华主要动态
  集团发布3年中期战略CS B2005 (Maintaining Both High profitability and Investment for Future Technology Development)
  携手长宁天山街道开启"爱心助学"公益项目，资助辖区内贫困青少年至高中毕业

2004 年

- 兄弟中国及集团在华主要动态
  《外商投资商业领域管理办法》出台，允许外资注册"中国"字号公司，集团向中国商务部登记备案

2005 年

- 兄弟中国及集团在华主要动态
  商务部批准Brother集团在中国的登记备案
  兄弟（中国）商业有限公司在上海市工商局登记成立，并举行开业庆典
  提出"在中国诞生，伴中国成长"的发展理念
  广州办事处、北京办事处、客服中心成立（后分别于2006年、2009年、2013年升级为分公司）

2006 年

- 兄弟中国及集团在华主要动态
  集团发布5年中期战略CS B2008——驱动Brother成长 (Driving Brother's Growth)
  开始开展绿化建设相关捐赠活动

2007年
- 兄弟中国及集团在华主要动态
  为更好服务中国用户,对客服中心软硬件进行升级

2008年
- 兄弟中国及集团在华主要动态
  集团成立100周年
  修订版《全球宪章》发布
  集团发布5年中期战略CS B2012——实现21世纪全球理想 (Turning Global Vision 21 into Reality) *注:后调整为3年计划

2009年
- 兄弟中国及集团在华主要动态
  成都分公司成立
  Brother打印机开始采用"无涂装技术",减轻涂装带给环境的负担
  获Brother集团的环境贡献5R奖

2010年
- 兄弟中国及集团在华主要动态
  滨江兄弟信息技术(杭州)有限公司成立,成为Brother集团海外研发中心
  引入教练式研修项目,提出打造自律型员工和挑战型团队的倡议

2011年
- 尹炳新及兄弟人主要事迹
  尹炳新提出"打印机下乡"战略,鼓励代理商开拓四六级下沉市场
- 兄弟中国及集团在华主要动态
  集团发布5年中期战略CS B2015——向成长再次发起挑战 (Back to Growth)
  沈阳分公司成立

2012年
- 兄弟中国及集团在华主要动态
  兄弟品牌天猫旗舰店开业,当年双十一期间销量跃升为全网行业第一
  与国际NGO组织OISCA携手,启动内蒙古防沙漠化项目

2013年

- 兄弟中国及集团在华主要动态
  西安分公司成立
  取得ISO9001认证
  再获Brother集团的环境贡献5R奖
  加强中国市场标签机商品销售渠道
  项目获Brother集团5大会知识竞演
  铜奖

2014年

- 尹炳新及兄弟人主要事迹
  尹炳新升任兄弟中国董事总经理，全面负责公司日常运营
- 兄弟中国及集团在华主要动态
  与Brother集团和滨江兄弟携手成立中国区SST小组 (Special Solution Team)，助力中国用户解决方案的落地
  武汉分公司成立
  参加第10届全国政府采购集采年会，获"全国政府采购打印机首选品牌"
  面向中国行业市场打印机／一体机销售渠道的强化项目获Brother集团5大会知识竞演银奖

2015年

- 尹炳新及兄弟人主要事迹
  尹炳新提出"二次创业"，并开创"企业诊断"方式，为代理商企业经营提供个性化赋能
- 兄弟中国及集团在华主要动态
  获Brother集团2014年度"社长奖"
  兄弟中国成立10周年

2016年

- 兄弟中国及集团在华主要动态
  集团发布3年中期战略CS B2018——面向变革的挑战 (Transform for the Future)
  教练式研修由外部培训逐步向内部讲师转变，开启内置化
  内蒙古防沙纪实视频获2016中国公益映像节企业社会责任创新奖、企业类公益映像优秀作品奖

附：三十年大事记

2017年

- 兄弟中国及集团在华主要动态

  教练成长营的学员范围扩展至代理商，完善内置化体系

  作为艺高高艺术创新战略伙伴开启合作

2018年

- 尹炳新及兄弟人主要事迹

  尹炳新升任兄弟中国董事长、总裁

  尹炳新获评"改革开放40年·中国经济40人"

- 兄弟中国及集团在华主要动态

  获Brother集团2017年度"社长奖"

  参与首届中国国际进口博览会

  获中国人力资源开发研究会"人才发展最佳实践奖"

2019年

- 尹炳新及兄弟人主要事迹

  尹炳新荣登"中国经济70年功勋人物"之列

- 兄弟中国及集团在华主要动态

  集团发布3年期中期战略CS B2021——迈向下一个成长(Towards the Next Level)

  携手滨江兄弟，正式启动为中国市场量身定制的中国自主开发项目

  兄弟微信打印小程序"畅享印"正式对外发布，是兄弟中国自主开发的重要成果之一

  获生态环境部环境发展中心"中国环境标志贡献奖"及"中国环境标志优秀企业奖"

  教练式研修内置化项目获得Brother集团5大会知识竞演铜奖

2020年

- 尹炳新及兄弟人主要事迹

  尹炳新被授予"2020中国经济十大商业领袖"的荣誉称号

- 兄弟中国及集团在华主要动态

  正式发布兄弟智能助手(Chatbot)

  新冠疫情初期，通过分公司及代理商向8省12地相关机构捐赠打印机、标签机以及相关耗材等物资用于疫情防控

  与中国企业家环保基金会(SEE)合作开展内蒙古防沙漠化项目

  兄弟创新研究院成立

2021年

- 尹炳新及兄弟人主要事迹
  尹炳新复旦EMBA毕业
  尹炳新荣获"第五届上海市工商业领军人物"称号
- 兄弟中国及集团在华主要动态
  取得ISO45001认证

2022年

- 尹炳新及兄弟人主要事迹
  董事长、总裁职务交棒张燕，尹炳新作为名誉董事长继续为兄弟中国贡献个人力量
- 兄弟中国及集团在华主要动态
  发布Brother集团愿景At your side 2030
  集团发布3年中期战略CS B2024——腾飞新未来(Take off towards our new future)
  发布升级版企业文化，并推出企业文化IP形象菠仔＆萝宝
  启动"云南绣娘"公益项目，支持偏远地区女性就业力提升、助力乡村振兴
  校企合作项目"东华·Brother创意设计中心"正式揭牌

2023年

- 兄弟中国及集团在华主要动态
  入选卓越职场研究机构"大中华区最佳职场TM"

2024年

- 兄弟中国及集团在华主要动态
  校企合作，助力东华大学海派时尚与非遗艺术传习所的开办

2025年

- 兄弟中国及集团在华主要动态
  集团发布3年中期战略CS B2027——一往无前！我敢向未来(Creating Our Future, Boldly)
  兄弟中国成立20周年

图书在版编目(CIP)数据

百年兄弟在中国的三十年：兄弟中国创始人、名誉董事长尹炳新回忆录/尹炳新,缪琦著. -- 上海：复旦大学出版社,2025.5. -- ISBN 978-7-309-17947-7

Ⅰ．I251

中国国家版本馆 CIP 数据核字第 2025T4A676 号

百年兄弟在中国的三十年：兄弟中国创始人、名誉董事长尹炳新回忆录
尹炳新　缪　琦　著
责任编辑/章永宏

复旦大学出版社有限公司出版发行
上海市国权路 579 号　邮编：200433
网址：fupnet@fudanpress.com　　http://www.fudanpress.com
门市零售：86-21-65102580　　团体订购：86-21-65104505
出版部电话：86-21-65642845
上海丽佳制版印刷有限公司

开本 787 毫米×960 毫米　1/16　印张 15.5　字数 179 千字
2025 年 5 月第 1 版
2025 年 5 月第 1 版第 1 次印刷

ISBN 978-7-309-17947-7/I·1457
定价：68.00 元

如有印装质量问题，请向复旦大学出版社有限公司出版部调换。
版权所有　　侵权必究